Hoppel-Ich

SERIE PIPER

Zu diesem Buch

Wenn es Frühling wird, hat einer mächtig Arbeit – der Osterhase. Überall in Feld und Flur werden von ihm und seinen fleißigen Helfern Eier bemalt, betupft, in Farbe getaucht, in Tragekörbe gelegt und dann nach Möglichkeit einzeln versteckt. Ist Ostern wieder vorbei, hat er viel Zeit, der Osterhase. Er ist ein scheuer Zeitgenosse, und man weiß nicht viel über ihn, doch das mit Gewißheit: Nach getaner Arbeit liest er! Am liebsten über sich selbst und seine eigene Jahreszeit, über den Frühling und über Ostern. Auf Bitten des Weihnachtsmanns hat er exklusiv seine Lieblingslektüre zusammengestellt – ein wunderbares Kaleidoskop aus literarischen, lyrischen und märchenhaften Texten, amüsant und nachdenklich, kulinarisch und nützlich. Außerdem bietet es Wissenswertes über Meister Lampe, das Osterei, das Ostermenü und vieles mehr.

Osterhase ist der volkstümliche Name für Lepus Festi Paschae, auch Meister Lampe genannt, der in der zweiten Hälfte des 17. Jahrhunderts auf die Welt kam. Wann genau, weiß er selbst nicht. Trotz zahlreicher, nicht immer gelungener Konterfeis ist über sein tatsächliches Aussehen so gut wie nichts bekannt, was seiner sprichwörtlichen Öffentlichkeitsscheu zuzuschreiben ist. Selbst bei seiner vornehmsten Aufgabe, der österlichen Eierdistribution, wurde er noch nie beobachtet. Sein Aufenthaltsort während des restlichen Jahres ist völlig unbekannt.

Hoppel-Ich
Meine Frühlingslektüre

Herausgegeben vom Osterhasen

Mit Illustrationen von Almud Kunert

Piper München Zürich

FSC

Dieses Taschenbuch wurde auf FSC-zertifiziertem Papier gedruckt. FSC (Forest Stewardship Council) ist eine nichtstaatliche, gemeinnützige Organisation, die sich für eine ökologische und sozialverantwortliche Nutzung der Wälder unserer Erde einsetzt (vgl. Logo auf der Umschlagrückseite).

Originalausgabe
April 2006

Umschlagkonzept: Büro Hamburg
Umschlaggestaltung: Cornelia Niere
Umschlagabbildung Vorderseite: Corbis
Illustrationen Umschlagrückseite: Almud Kunert
Satz: Jürgen G. Rothfuß, Neckarwestheim
Papier: Munken Print von Arctic Paper Munkedals AB, Schweden
Druck und Bindung: Clausen & Bosse, Leck
Printed in Germany
ISBN-13: 978-3-492-24496-1
ISBN-10: 3-492-24496-3

www.piper.de

INHALT

Vorwort des Herausgebers

Was soll ich denn machen?
Das ist nun mal meine Natur:
Ich kann halt hoppeln nur
und sonst gar nichts …
Marlene Hasrich
(oder war's Udo Hasenberg?)

Wenn die Tage wieder länger werden, die Luft nach feuchter Erde riecht, die Sonnenstrahlen wieder wärmen, wenn nach den tapferen Schneeglöckchen und den vorwitzigen Krokussen allenthalben Knospen und Blüten sprießen und alle Natur sich in einen Mantel aus zartem, frischem Grün hüllt, dann …

Verzeihen Sie einem alten Landei wie mir! In einem urbanen Umfeld, falls Sie in der Stadt leben, sehen die Zeichen natürlich anders aus: Tiefergelegte Cabrios schnüren mit sonorem Röhren an wiedereröffneten Eisdielen vorbei; dortselbst beginnen junge Miss Wonderbras an der textilen Verhüllung zu sparen, woraufhin sich Mister Muscleshirts im Dauerbalzen messen; ältere Damen bringen ihre Pudel zum Trimmen, und die holde Weiblichkeit jeglichen Alters reißt den Kioskbesitzern die Fachzeitschriften für Kalorienreduktion aus der Hand; die Herren hingegen stürmen die Baumärkte oder registrieren entzückt, daß Biergartenwirte in froher Umsatzerwartung Stühle und Bänke hinausstellen, und beim Kaffeeröster gibt es plötzlich Anzuchtschälchen statt Eiskratzer …

Ja, dann ist es endlich wieder Frühling. Mit den Zeiten haben sich zwar auch seine Boten gewandelt, aber alles in allem ist er nach wie vor meine liebste Jahreszeit. Nicht etwa, weil er mir für eine kurze Weile die Ausübung meines geliebten Berufs ermöglicht (im Gegenteil: eine so dichtgedrängte Schaffensperiode ist purer Streß!), und auch nicht, weil sich dann plötzlich die Häsin wieder für mich interessiert – nein, der Frühling an und für sich ist spitze, toll, super, affengeil, abfetzmäßig, einfach weil … er der Frühling ist!

Ungeahnte Glücksgefühle setzt er frei, Endorphine überschwemmen mein Großhirn, und unweigerlich werde ich ganz hoppelig, denn es rührt sich mein Hoppel-Ich. (Im Gegensatz zu anderen Ichs hat ein Hoppel-Ich den Vorteil, daß man es nicht mit Diätenwahn zu bekämpfen versuchen muß – was ohnehin meist vergeblich ist –, denn Hoppeln wirkt sich ausgesprochen gewichtsreduzierend aus.)

Jeder auf uns Leporidae spezialisierte Biologe kann es bestätigen: Wir sind von Kopf bis Pfote auf Hoppeln eingestellt! Und, wie man weiß, auch auf die Weitergabe dieses hasenmäßigen Charakterzugs an möglichst viele Nachkommen; das hat den männlichen Vertretern unserer Spezies eine unschöne Bezeichnung eingebracht, die ansonsten ausschließlich zur Diskreditierung sexuell hyperaktiver Humanoiden-Machos gebraucht wird (was gegenüber uns Hasen einfach ungerecht ist, denn im Gegensatz zum *Homo sapiens* kann sich *Lepus* jeweils nur nach wochenlangem Vorspiel für eine kurze Zeit dem reproduktiven Treiben hingeben!).

Natürlich fragt sich mancher Zeitgenosse, was denn der Osterhase so macht, wenn er nicht gerade hoppelt, Eier bemalt, austrägt und versteckt oder für Nachkommen sorgt. Ich will es Ihnen verraten: Zu meinen weiteren Lieblingsbeschäftigungen zählt das Lesen. Das ist zwar für Leporidae nicht gerade typisch, aber ich bin ja auch kein gewöhnlicher Hase. Und da ich den größten Teil des Jahres nichts zu tun habe (außer gegen Jahresende die E-Mails vom Weihnachtsmann zu beantworten, der sich ausgerechnet bei mir Ratschläge zur Streßbewältigung holt!), hat sich in meiner Luxus-Sasse im Lauf der Jahrhunderte eine stattliche Bibliothek angesammelt, in der von der Poesie über die erzählende Literatur und das populäre Sachbuch bis hin zum hochwissenschaftlichen Standardwerk so gut wie jede Art von Lektüre vorhanden ist.

Besonders gern lese ich alles über meine Lieblingsjahreszeit, so daß ich mich der ganz speziellen Qualifikation rühmen darf, einer der meistgefragten Experten für das schwer erklärliche, aber allen Kreaturen wohlvertraute alljährliche Phänomen zu sein, daß der Frühling nicht nur bei Hasen, sondern allenthalben für hippelig-hoppelige Hochstimmung sorgt, vor allem bei den von mir so hochgeschätzten Menschen.

An sich scheue ich ja das Licht der Öffentlichkeit und lebe die meiste Zeit in einer abgeschiedenen, stillen Gegend, in der höchstens Nachbar Fuchs ab und an zum Gutenachtsagen vorbeikommt. Solche Publikumsabstinenz bringt schon mein Beruf mit sich, der schließlich in aller Heimlichkeit ausgeübt werden muß. Wie sollte ich Eier verstecken können, wenn mir jeder dabei zusehen dürfte? Na also.

Andererseits ist es eben nicht allzu befriedigend, sein Licht ein Leben lang – und was für ein langes! – unter den Scheffel zu stellen (für jüngere Leser: das bedeutet soviel wie »dimmen«). Daher hat es mich gejuckt, wenigstens einen kleinen Hoppler in Richtung Öffentlichkeit zu tun. Es muß ja nicht gleich ein Bambi oder Oscar dabei herausspringen. Auch werde ich mich hüten, bei Gottschalk oder Kerner auf der Couch die PR-Trommel für mein neues Buch zu rühren oder Lesungen und Signierstunden zu veranstalten. Das müßte ein Stellvertreter für mich tun, womit ich dann im Buchmetier – im Gegensatz zum Popgeschäft – der erste wäre, der einen Ghostbody statt eines Ghostwriters benötigte.

Aber ich schweife ab, Entschuldigung!

Machen wir es kurz: Ich konnte mich dem sehr verführerischen Angebot des Verlags nicht entziehen, aus meinen gedruckten Schätzen die mir liebsten Stücke zusammenzustellen und damit alle gleichgesinnten Frühjahrfans der Gattung *Homo sapiens legens* zu erfreuen.

Und so präsentiere ich sie hier nun, meine Frühlingslektüre: Vom Liebesgedicht bis zum Festtagsmenü, vom Gärtnertip bis zur literarischen Erzählung, von der wissenschaftlichen Darstellung meiner Spezies (und natürlich meiner Person!) bis zum Ostermärchen, vom Gipshasen über einen besoffenen Wellensittich bis zur Warnung vor todbringenden Kaninchen reicht das Spektrum der Themen und Genres, so daß in dieser Mixtur auch noch die postmodernsten *Fast-Read*-Konsumenten fündig werden dürften. Ich wünsche viel Vergnügen!

Ihr Osterhase

Winterende

Manfred Back

Der Winter trägt seit gestern Glatze:
Du wirst nicht mehr, du weißer Hund!
Die Sonne streichelt wissend die Matratze
und ich der Liebsten warmen Mund.

Aus alten Zeiten tönen schöne Lieder
von Düften, Flöten, einem blauen Band.
Mein Mädchen streichelt wissend meine Glieder;
auch ich, ich streichle allerhand.

Ein Schneemann quatscht von letzten Dingen,
salbungsschwer und fürchterlich.
Ich sing das Lied vom Werden und Mißlingen,
vom Immerzu und Übermich.

Ach, Liebste! Hör nur mein Gewinsel
von Auftrieb, Lust und Welt …
Ich bin dein grüner Einfallspinsel,
der malt, was ihn am Leben hält

wie deine Schultern, zarte Luftpaläste,
wie sie sich freuen auf Besuch;
ich lese Lyrik, hautnah, allerbeste,
in diesem aufgeschlagnen Buch.

Wer weiß, ob nächstes Jahr im März,
die Lieb uns noch geblieben …
Komm, leg dich an mein Tintenherz,
das Büchlein wird jetzt fortgeschrieben.

Die Luft ist voll Ostern

Max Frisch

Schon wieder die ersten Knospen! Die langen Weidenzweige hangen wie grüne Perlenschnüre, sie erinnern an die klingelnden Schleier in gewissen Wirtschaften, und allenthalben zwitschern die Vögel, Bläue schwimmt durch das spröde Gezweig, die Sonne scheint überall hin, Büsche und Sträucher sind wie ein Sieb. Irgendwie ist es zuviel, vor allem das Zwitschern der Vögel; wenigstens riecht es nach Jauche, wenn man über die Felder wandert, und in den Gehöften gackert es von weißen Hühnern. Manchmal kommt eine Wolke, und man ist froh um den Mantel, aber herrlich flattert die Wäsche, die draußen über den grünen Wiesen hängt, sie knallt wie eine Peitsche, und es glitzert der Brunnen, sein verwehtes Wasser plätschert über den Trog. Die vertrauten Fassaden unsrer Bauernhäuser, man bemerkt sie stärker als sonst; es blinken ihre niedren Fensterreihen, ihre Scheiben voll kleiner Sprossen, die noch von keinen Blumen umrankt sind, von keinem Weinlaub überschattet; die Spaliere sind nichts als ein Gitter von schlanken und bläulichen Schatten, eine schwebende Arabeske über verblaßtem Vitriol ihrer Mauern. Flieger über sich am Himmel. In den Schulhäusern, wenn man durch die Dörfer geht, singen sie bereits bei offenem Fenster, chorweise, daß es hallt über den öden Platz mit Recken und gestutzten Platanen, und irgendwo aus einem Tobel jault eine Sägerei, daß es durch Mark und Bein geht, und auf den Friedhöfen, wo die ersten Blumen wachsen, verrechen sie den Kies. Stundenlang wandere ich über gelassene Hügel. Die Wege sind weich, man muß auf dem Rande gehen; wie gläserne Scherben liegen die Tümpel darin, Räderspuren und Hufe, die den Himmel spiegeln. Man stapft durch Wälder, die fast ohne Schatten sind; nur selten gibt es noch ein Loch mit verschmutztem Schnee, körnig und grau und von Tannennadeln übersät; über einer Kiesgrube sehe ich den ersten Schmetterling. Man kann sich kaum verirren, so durchsichtig ist alles, und wenn man wieder hinauskommt, wogt es weiter mit Hügeln und braunen Mulden, Birken stehen am Rande eines Moores, und auf finsterem Acker dampfen die Rosse, sie ziehen den Pflug, die Egge, oder man verzettelt den Mist; immer bleibt die verblauende Ferne hinter schwarzen Apfelbaumzweigen. Gebirge hangen jenseits über Räumen voll silbernem Dunst, ein Gleißen von schmelzendem Schnee; die Luft ist voll Verheißung, die Luft ist voll Ostern, und es ist mir, als wäre gestern erst Frühling gewesen –.

Frühlingsphänomene

Birgit Brandau

Wenn der holde Frühling lenzt
Und man sich mit Veilchen kränzt,
Wenn man sich mit festem Muth
Schnittlauch in das Rührei thut,
Kreisen durch des Menschen Säfte
Neue, ungeahnte Kräfte –
Jegliche Verstopfung weicht,
Alle Herzen werden leicht,
Und das meine fragt sich still:
»Ob mich dies Jahr einer will?«
Friederike Kempner

Woran merkt man, daß der Frühling kommt? Am unbezähmbaren Heißhunger auf Schnittlauch? An der besseren Verdauung? Oder doch eher am urplötzlichen Wunsch, auch mal wieder wie das Pärchen von nebenan engumschlungen durch die Gegend zu ziehen? Das fand man doch sonst bloß kitschig!?

Biologen und Klimaforscher machen es sich da einfacher, sie haben sich eine Reihe von »Zeigerpflanzen« auserkoren, um festzustellen, wann es losgeht. Für das allererste Frühlingsahnen, den Vorfrühling, ist das die Blüte des Haselstrauchs, und mit dem Einsetzen der Forsythienblüte ist es dann richtig Frühling. Und der kommt immer ein bißchen früher. Beobachtungen haben ergeben, daß sich der Frühlingsbeginn seit Anfang der sechziger Jahre im Schnitt um sechs Tage nach vorn verschoben hat, im Verlauf der letzten gut hundert Jahre sogar um drei Wochen.

Früher waren solche Beobachtungen für die Landwirtschaft lebenswichtig, heute interessieren die Meldungen vor allem jene, die mit Heuschnupfen geschlagen sind. Dem nicht betroffenen Rest der Menschheit dürften eher persönliche Anzeichen oder Beobachtungen einfallen: etwa die eingangs erwähnten Phänomene oder aber massiertes Auftauchen von Nabelpiercings (jugendsprachlich: »Abschleppösen«), lange verhüllten Tattoos (»Arschgeweihe«) und unsäglichen Pastellfarben, insbesondere Rosa (was nur bei Magnolien erträglich ist, keinesfalls bei Kleidung). Dann gibt es da die rational betrachtet widersinnige Neigung, sich trotz der wenig originellen Anmache des Gegenübers auf ein Gespräch mit ihm einzulassen (im Klartext: auf einen Flirt zu hoffen) oder die für den Rest des Jahres nicht existente Lust, sich einen Liebesfilm anzuschauen (mehr zu den Ausgestaltungen der Phänomene Liebe, Sehnsucht und Enttäuschung ist an anderer Stelle zu finden). Und neuerdings taucht bei Singles immer häufiger aus dem Nichts eine Abneigung gegenüber ovoiden Formen auf, die sich zwischen dem 22. März und dem 25. April zur Phobie steigert: Nachdem Weihnachten endlich vergessen ist, nähert sich das nächste Familienfest. Und das ist dummerweise auch noch auf drei Feiertage plus Samstag festgelegt. Weihnachtsmuffel können sich damit trösten, daß es in regelmäßigen Abständen Jahre gibt, in denen der 24. Dezember auf einen Freitag fällt, also nur ein halber zusätzlicher freier Tag zu gestalten ist, und außerdem die Partykultur zu diesem Termin immer weiter entwickelt wird. Beides gilt für Ostern nicht. Es dauert unweigerlich vier Tage, von denen zwei mit einem öffentlichen Vergnügungsverbot belegt sind (nicht zu reden von den Tagen davor!) und die restlichen auch noch überwiegend *en famille* verbracht werden. All die Frühlingsgefühle, die sich gerade so wunderbar aufbauen, finden an Ostern keine Projektionsfläche. Da kann man bloß noch die Tapete von den Wänden reißen oder eine Urschreitherapie beginnen. Rasche und nachhaltige Abhilfe verschafft im allgemeinen nur die Flucht in ein Skigebiet oder an einen wärmeren Strand.

Weniger geeignet als Frühlings-»Zeiger« sind die Ostereier-Angebote in den Supermärkten (denen zufolge begänne der Frühling spätestens am 7. Januar) oder gar die typischen Frühlingsblumen wie Primeln, Tulpen und Narzissen (Frühlingsbeginn hier: vor Weihnachten). Viel verläßlicher ist die Zunahme der Wellensittichpopulation im Stadtpark.

Letztere ist ein weitverbreitetes Phänomen mit einem gewissen Schwerpunkt im Schwäbischen. Denn seine Ursache ist der Frühjahrsputz. Nachdem im Winter die Fenster meist geschlossen blieben, werden sie nun zwecks Reinigung weit geöffnet, und Hansi, Bubi, Lora oder wie immer der Wellen- oder Nymphensittich, Kakadu oder Papagei heißt, nimmt das unverhoffte Angebot gern an und begibt sich auf einen Ausflug. In Großstädten trifft er dabei immer häufiger alsbald auf Artgenossen. Mittlerweile haben sich an Stellen, wo es nicht mehr richtig kalt wird, regelrechte Sittichkolonien gebildet. Exoten findet man nicht nur in Sichtweite des Berliner Alexanderplatzes, sondern besonders häufig auch in Badeorten. Berühmt sind die Wellensittiche im Wiesbadener Kurpark oder die Papageien beim Kurhaus von Stuttgart-Bad Cannstatt. Manche leben dort schon in der übernächsten Generation, das heißt, sie und ihre Eltern sind in freier Natur (oder besser Stadt) geschlüpft und aufgewachsen. Als Tränke dienen ihnen die jahrein jahraus bestens temperierten Heilquellen, und ihr Futter bekommen sie von Vogelliebhabern oder holen es sich – im Fall Cannstatt – aus dem wenige Flugminuten entfernten Zoo.

Ein anderes Anzeichen für den Frühling liefern die Autofahrer: die Zunahme der Blechschäden. Die Frühlingsbeulen verdanken sich dem – wörtlich zu nehmenden – Zusammentreffen zweier komplett entgegengesetzter Phänomene: dem Steigen der Säfte und der Frühjahrsmüdigkeit. Während die eine Hälfte der Autofahrer angesichts jeder Ampel losrast, als müßte sie für einen Formel-1-Start trainieren, verfällt die andere angesichts des Ampelgrüns in wohlige Träumereien oder wird beim Fahren nach unvorhersagbaren Gesetzen immer langsamer – bis sich zwei Angehörige der verschiedenen Gruppen mit lautem Knall treffen und abrupt zum Stillstand kommen beziehungsweise aufwachen.

Hochkonjunktur haben auch Mode- und Fitness-Magazine. Alles muß neu oder zumindest anders werden. Das Problem ist dabei die Figur, die in den gerade angesagten Look hineinpassen soll. Denn der ist derzeit so, daß ein normalgewichtiger Mensch wie eine Brühwurst kurz vor dem Platzen darin aussieht: Nur extrem dünne, um nicht zu sagen magersüchtige Figuren sind gefragt. Mittlerweile ist das Idealgewicht so runtergeschraubt, daß selbst Twiggy, das »Zweiglein« der sechziger Jahre, für rundlich befunden würde.

Die Wunderdiät der Models hat einen Namen: Photoshop. Das ist eine professionelle Bildbearbeitungssoftware, die so gut ist, daß Laien nicht erkennen können, in welchem Maß sie eingesetzt wurde. Am Computer wird so eine Perfektion erzeugt, die real gar nicht möglich ist, aber trotzdem als Maß der Dinge gilt. Somit eifern wir einem Schönheitsideal nach, dem in Wirklichkeit nicht einmal die Supermodels entsprechen können. Scheitern und Frust sind bei jeder neuen Superdiät, die uns dem Ideal näher bringen soll, also vorprogrammiert. Und damit wird ein Teufelskreis ausgelöst. Beziehungsweise befinden sich viele von uns längst mitten drin.

Er heißt Jojo-Effekt. Fragt man wirklich dicke Menschen, so der Ernährungswissenschaftler Udo Pollmer, ob sie schon mal eine Diät gemacht hätten, erhält man meist die Antwort, nicht bloß eine, sondern zig seien versucht worden, und mittlerweile wiege man viele Kilo mehr als vor der ersten. Auf lange Sicht schraubt jede weitere Diät das Gewicht weiter in die Höhe, denn der Körper legt nach einer Notzeit (und als nichts anderes empfindet er eine Diät) grundsätzlich Extrareserven in Form von Fettpolstern für künftige Hungersnöte an.

Die Schreckensmeldungen jedoch, daß der Anteil der Übergewichtigen in den westlichen Gesellschaften dramatisch angestiegen sei, basieren nicht auf den Folgen des Jojo-Effekts oder falscher Ernährung, so Pollmer. Dafür mußte kein Mensch auch nur ein Gramm zunehmen. 1997 hat die WHO festgeschrieben, welcher Body-Mass-Index (Gewicht in Kilogramm geteilt durch das Quadrat der Größe in Meter) Übergewicht markiert. Früher lag diese Grenze, differenziert nach Alter und Geschlecht, bei Werten zwischen 27,3 und 27,8. Nun wurde sie pauschal auf 25 heruntergesetzt. Quasi über Nacht erhielten Millionen von Menschen, die zuvor als normalgewichtig galten, den Stempel »zu dick«, und der Anteil der Übergewichtigen schnellte bei manchen Bevölkerungsgruppen um dramatische 25 Prozentpunkte in die Höhe.

Abgesehen davon, daß ein Pauschalwert wie der BMI kein taugliches Mittel ist, die körperliche Konstitution zu beurteilen, hat sich auch herausgestellt, daß gesundheitliche Gefährdungen, die angeblich ab einem bestimmten BMI auftreten, nicht nachzuweisen sind. Der größte Risikofaktor sind unter Umständen die Diäten selbst. »Eßt endlich normal«, fordert Udo Pollmer daher: Laßt euch nicht den Genuß vermiesen und hört auf euren Körper, denn der weiß besser, was er braucht, was ihm gut tut und wann er satt ist – solange man ihm das nicht mühsam austreibt, indem man zwanghaft die ständig wechselnden Ernährungsvorschriften befolgt. Schaut man sich die mal an, wird so mancher Unsinn rasch klar. Erst wurden die Fette verteufelt, jetzt sind es die Kohlenhydrate. Kaffee, ursprünglich gelobt, dann verdammt, ist nun wieder erlaubt, während eisenhaltige Gemüse gerade in Mißkredit geraten sind. Nahezu jedes Lebensmittel stand schon mal auf der Liste der empfohlenen *und* auf jener der zu meidenden Dinge. Eher sollten wir darauf drängen, daß wir wirklich das zu essen bekommen, was die Packungen vorgaukeln, und nicht Gammelfleisch, Pestizide, künstliche Aromen und Zusätze mit unkontrollierbaren Auswirkungen. Und das nicht nur im Frühling.

Atmosphärische Konflikte

Erich Kästner

Die Bäume schielen nach dem Wetter.
Sie prüfen es. Dann murmeln sie:
»Man weiß in diesem Jahre nie,
ob nu raus mit die Blätter
oder rin mit die Blätter
oder wie!«

Aus Wärme wurde wieder Kühle.
Die Oberkellner waren blaß
und fragten ohne Unterlaß:
»Also, raus mit die Stühle
oder rin mit die Stühle
oder was?«

Die Pärchen meiden nachts das Licht.
Sie hocken Probe auf den Bänken
in den Alleen, wobei sie denken:
»Raus mit die Gefühle
oder rin mit die Gefühle
oder nicht?«

Der Lenz geht diesmal auf die Nerven
und gar nicht, wie es heißt, ins Blut.
Wer liefert Sonne in Konserven?
Na, günstigen Falles
wird doch noch alles
gut.

Es ist schon warm. Wird es so bleiben?
Die Knospen springen im Galopp.
Und auch das Herz will Blüten treiben.
Drum, raus mit die Stühle
und rin mit die Gefühle,
als ob!

Vom Dichten im Frühling

Thomas Mann

Man arbeitet schlecht im Frühling, gewiß, und warum? Weil man empfindet. Und weil der ein Stümper ist, der glaubt, der Schaffende dürfe empfinden.

Jeder echte und aufrichtige Künstler lächelt über die Naivität dieses Pfuscherirrtums, – melancholisch vielleicht, aber er lächelt. Denn das, was man sagt, darf ja niemals die Hauptsache sein, sondern nur das an und für sich gleichgültige Material, aus dem das ästhetische Gebilde in spielender und gelassener Überlegenheit zusammenzusetzen ist.

Liegt Ihnen zu viel an dem, was Sie zu sagen haben, schlägt Ihr Herz zu warm dafür, so können Sie eines vollständigen Fiaskos sicher sein. Sie werden pathetisch, Sie werden sentimental, etwas Schwerfälliges, Täppisch-Ernstes, Unbeherrschtes, Unironisches, Ungewürztes, Langweiliges, Banales entsteht unter Ihren Händen, und nichts als Gleichgültigkeit bei den Leuten, nichts als Enttäuschung und Jammer bei Ihnen selbst ist das Ende …

Frühschoppen mit Schorsch: Frühlingshafte Küchenklassiker

Hermann Feuersee

Himmel, was war der Schorsch sauer! Da hatte er uns extra zum Frühschoppen am Ostersonntag in seine Stammkneipe eingeladen und der Wirtin vorher haarklein (und mehrfach) eingebleut, was alles auf dem Tisch bereitzustehen habe. Und was stand da nun? Ein kleines Körbchen mit Ostereiern und – sonst nichts!

»Salz, Pfeffer, eine Menaaasch mit Essich und Öl, un' S-Senpf, jawoll, Senpf!« lallte Schorsch, der offensichtlich bereits einen Frühschoppen andernorts hinter sich hatte.

»Hab' ich nicht«, antwortete Else, die Wirtin, und knallte uns lustlos die erste Runde auf den Tisch. »Eine Menaaaasch mit Essichunöl, S-Salz, Senpf, Pfeffer«, krakeelte der sichtlich erboste Schorsch mit deutlich lauterer Stimme, woraufhin er wenigstens einen Salzstreuer hingestellt bekam.

»Jawoll, un' jetz' noch Essichunöl, aber inner Menaaasch, und Senpf, S-Salz un' Pfeffer – nee, Salz hammer ja schonn …«

Einen ebenso angetrunkenen wie traditionsbewußten Lokalpatrioten dazu zu bringen, am Ostersonntag die Eier anders zu essen, als er es bislang, als schon sein Vater, sein Großvater und so weiter es getan hatten, das überstieg schließlich auch Elses Widerstandspotential, und nach vielen mit erheblicher Lautstärke vorgetragenen Wiederholungen seines Begehrens (»Menaaaaasch« wurde dabei immer länger) hatte Else schließlich alles herbeigeholt, was Schorsch verlangte (Essig und Öl allerdings in Plastikflaschen, nicht in einer »Menaaasch«). Es konnte losgehen:

Ostereier auf Hessenart

Die hartgekochten, kalten Eier schälen und längs halbieren. Eigelb mit einem kleinen Löffel am Stück herausheben und beiseite legen. In die Höhlung

1 Prise Salz, etwas Pfeffer, 1 Msp. Senf und ½ TL Essig geben, mit Öl auffüllen. Das halbe Eigelb umgedreht darauflegen und alles auf einmal in den Mund schieben. Gut durchkauen, damit die Aromen sich im Mund vermengen, und mit einem großen Schluck Pils nachspülen. Dazu Roggenbrot.

Zugegeben, das ist kein schlechtes Katerfrühstück. Man kommt rasch wieder zu Kräften. Allerdings ermutigen die Schärfe und die Säure auch zu reichlichem Nachspülen, so daß der eigentliche Zweck eines Katerfrühstücks – wieder einen klaren Kopf zu bekommen – nur schwerlich erreicht wird. (Schorsch ist es jedenfalls nicht gelungen.)

Die kulinarischen Osterbräuche sind von genausogroßer regionalspezifischer Vielfalt wie alle anderen auch. Gemeinsam aber ist dem christlichen Abendland, daß jetzt die Fastenzeit zu Ende geht, die mit dem Gründonnerstag und dem Karfreitag ihren Höhepunkt findet. Den Termin hatten die Kirchenväter nicht schlecht gewählt: In den letzten Wochen des Winters gab es vor Erfindung von Konservendosen, Tiefkühltruhen und Frachtflugzeugen früher kaum noch etwas Ordentliches zu essen: Sauerkraut und Geselchtes gingen zu Ende, eingelagerte Wurzeln und Knollen trieben aus oder verschrumpelten, zu schlachten gab es auch nichts mehr, denn die Muttertiere waren ja das wichtigste Kapital, das es zu erhalten galt. Einzig Getreide war noch vorhanden (wenn die Ernte gut genug ausgefallen war), und so fastete man den März hindurch bei Brot, Mehlspeisen – und Bier natürlich.

Selbst wir Heutigen geraten ja noch in euphorische Stimmung, wenn sich die ersten Frühlingsboten zeigen, was müssen erst unsere Ahnen empfunden haben, wenn es endlich, endlich wieder Frühling wurde: Im Garten kündeten die ersten grünen Austriebe von baldigen frischen Genüssen, und Lämmchen und Zicklein und Küken versprachen, daß es in Kürze auch wieder einen Braten auf dem Tisch, ein Huhn in der Suppe geben würde. Und natürlich gab es jetzt auch wieder Eier, die als Fruchtbarkeitssymbole zu Ostern die Hauptrolle spielen.

Etwa bei einem traditionellen Gründonnerstagsessen, mit dem das Ende der Fastenzeit eingeläutet wird (für 4 Personen):

Frankfurter Grie Soß

8 Hühnereier hart kochen, schälen und abkühlen lassen. Je 1 Handvoll Petersilie, Schnittlauch, Dill, Sauerampfer, Borretsch sowie ½ Handvoll Estragon und Zitronenmelisse feinhacken. (Ersatzweise, wenn nicht alle Sorten zu bekommen sind, kann man auch Kresse, Pimpinelle, Kerbel und ähnliches nehmen, dem klassischen Rezept nach sollen es aber 7 verschiedene Sorten sein.) 4 Eiweiß feinhacken, 4 Eigelb durch ein Sieb streichen, mit 2 TL mittelscharfem Senf vermengen und mit 400 g Schmand glattrühren (ersatzweise Crème fraîche). Ist die Mischung zu dick, mit etwas Milch verflüssigen; wer es leichter liebt, nimmt halb Schmand, halb Joghurt. Die Kräuter und das feingehackte Eiweiß unterheben und mit Zitronensaft, Salz und Pfeffer abschmecken. Dazu Pellkartoffeln und die längs halbierten restlichen Eier servieren.

Wer sich nicht an das Fastengebot hält – oder zu einer anderen Zeit Lust auf Grüne Sauce hat –, läßt die vier halbierten Eier weg und serviert dazu statt dessen in dünne Scheiben geschnittenes, frisch gekochtes Rindfleisch, am besten einen Tafelspitz.

Ist dann Ostern erst einmal vorbei, beschert uns der Frühling in rascher Folge viele weitere frische Zutaten, die nur darauf warten, in Köstlichkeiten verwandelt zu werden.

Etwa der Bärlauch. Die zart nach Knoblauch duftenden Blätter sind in den letzten Jahren immer beliebter geworden, vor allem als Pesto. Ich persönlich verwende für den Pesto lieber das traditionelle Basilikum oder zur Abwechslung auch einmal Rucola (probieren Sie es: einfach Pesto nach gewohntem Rezept zubereiten, nur statt Basilikum Rucola nehmen!). Der Bärlauch wandert bei mir in den Kochtopf (für 4 Personen):

Cremesüppchen vom Bärlauch

2 Frühlingszwiebeln, 1 Möhrchen und 1 kleine Kartoffel fein würfeln, in etwas Butter andünsten und mit 750 ml Hühnerbrühe (Vegetarier: Gemü-

sebrühe) auffüllen. 1–2 Handvoll Bärlauchblätter (je nachdem, wie intensiv man das Aroma möchte) grob zerteilen, in die Brühe geben und 10 Minuten köcheln lassen. 100 ml trockenen, nicht zu säurelastigen Weißwein und 200 ml Sahne zugeben, noch einmal kurz aufkochen lassen, gegebenenfalls nachsalzen und mit dem Mixstab im Topf pürieren, so daß die Suppe leicht schaumig wird. So vorhanden, mit ein paar Kerbelblättchen garnieren.

Freunde der *Crossover*-Welle können einmal probieren, dieses Süppchen zusätzlich mit etwas Zitronengras zu aromatisieren!

Das traditionelle Frühlingsgemüse schlechthin ist natürlich der Spargel. Jeder Verehrer der edlen Stangen hat sein Lieblingsrezept, und genausowenig wie über den Geschmack läßt sich darüber streiten, welches das beste ist. Relativ unbekannt dürfte aber die folgende, keineswegs neumodische Variante sein, deren Rezept ich noch von meinem Vater habe (für 4 Personen):

Fränkischer Spargelsalat

500 g weißen Spargel schälen und in reichlich Salzwasser mit einer Prise Zucker und einer Zitronenscheibe sehr knapp garen, er sollte noch ziemlich fest sein. Währenddessen 1 Bund glatte Petersilie ohne Stiele feinhacken und mit 3 EL Weißweinessig, 6 EL geschmacksneutralem Öl, 1 TL Salz, ¼ TL weißem, gemahlenem Pfeffer und 100 ml Wasser zu einer Marinade verrühren. Den abgetropften Spargel noch heiß in eine rechteckige Schüssel legen, die ihn gerade knapp faßt (notfalls eine Königskuchenform aus Glas oder Keramik) und mit der Marinade übergießen, die ihn ganz bedecken sollte (gegebenenfalls Öl, Essig, Salz und Wasser ergänzen). Kalt stellen und mindestens einige Stunden ziehen lassen. Die Stangen auf Tellern anrichten und mit etwas Marinade beträufeln.

Zusammen mit etwas Räucherlachs oder Schinken ergibt das eine exzellente kalte Vorspeise. Wer lieber grünen Spargel mag, läßt die Hälfte der Petersilie weg, nimmt Balsamico und Olivenöl *extra vergine* für die Marinade und serviert mit Parmaschinken und Parmesanspänen.

Gleichzeitig mit dem Spargel kommt eine tierische Delikatesse auf den Markt: die Maischolle. Niemals sonst im Jahreslauf sind Schollen zarter und delikater als in diesem Monat. Eine traditionelle Zubereitung ist die Finkenwerder Art, die ich, weil viele »Südlichter« Probleme mit den kleinen Grätchen haben, zu einer etwas edleren Variante verfeinert habe:

Finkenwerder Schollenfilets

Pro Person braucht man ca. 200 g Schollenfilets und 1 EL geräucherten, durchwachsenen Bauchspeck in feinen Würfeln. Die Schollenfilets mit Salz, Pfeffer und einigen Tropfen Zitronensaft würzen und dünn mit Mehl bepudern. Die Speckwürfel in einer großen (möglichst beschichteten) Pfanne auslassen, aber nicht hart werden lassen. Mit dem Schaumlöffel herausnehmen und warm stellen. Etwas Butter im Speckfett aufschäumen lassen und die Filets bei mittlerer Hitze je nach Dicke auf jeder Seite 1–3 Minuten braten – lieber zu kurz als zu lang, bei diesem zarten Fisch macht es nichts, wenn das Fleisch im Kern noch etwas glasig ist. Auf vorgewärmte Teller legen und die Speckwürfel darüberstreuen.

Dazu passen Salat oder Frühlingsgemüse und neue Kartoffeln, in Butter geschwenkt.

Das Frühlingshafteste, was Sie sich in die Küche holen können, sind allerdings – Blüten! Sie zu essen ist ganz und gar kein neumodischer Schnickschnack, sondern war früher weit verbreitet. Allerdings können Sie nur Blüten aus dem eigenen Garten verwenden, denn was Sie bei Treibhausware an Pestiziden und so weiter alles mitessen würden, können Sie nie wissen. Auch sind nicht alle Blüten zum Verzehr geeignet; konsultieren Sie daher im Zweifelsfall Fachliteratur wie zum Beispiel Kathy Browns *Blüten zum Reinbeißen* (s. Quellen).

Ansonsten aber brauchen Sie kaum konkrete Rezepte, experimentieren Sie einfach: Geben Sie bunte Blütenblätter von Gänseblümchen, Ringelblumen, Stiefmütterchen, Tulpen über den Salat (Achtung: milde Soßen verwenden). Oder schneiden Sie den Boden von einer Tulpenblüte außen flach, entfernen Sie innen Stempel und Staubfäden, biegen Sie die Blütenblätter vorsichtig auseinander und füllen Sie die Tulpe mit einem leichten, nicht zu sauren Krabbensalat – oder zum Dessert mit Zitronensorbet!

Man kann auch die Blüten von Küchenkräutern über Gerichte streuen, die man mit denselben Kräutern würzen würde: Schnittlauchblüten (nur die lila Blättchen) über das Rührei, Rosmarinblüten über den Lammrücken, Salbeiblüten über das Saltimbocca. Gewagt, aber gut ist auch ein Coq au vin mit Lavendelblüten (sparsam!). Garnieren Sie Desserts mit den Blütenblättern von Duftpelargonien, Nelken oder Veilchen. Frieren Sie Borretschblüten in Eiswürfeln ein, die Sie in den Gin Tonic oder den Wodka Lemon ihrer Gäste geben. Und wenn das Frühjahr dann allmählich dem Sommer weicht, servieren Sie bei der Gartenparty:

Rosenbowle

100 g geputzte, halbierte Erdbeeren in 75 ml Orangenlikör 1–2 Stunden ziehen lassen. In eine große, gläserne Bowleschale geben und mit 1 Flasche trockenem Rosé und 1 Flasche sehr trockenem Sekt, beides gut gekühlt, auffüllen (wer weniger Alkohol will, nimmt statt Sekt Mineralwasser). Unmittelbar vor dem Auftragen großzügig mit Rosenblütenblättern bestreuen (die weißen unteren Enden vorher entfernen).

Von wartungsfreiem Dauergemüse und anderen Aprilfreuden

Jürgen Dahl

Im April kann man den Giersch noch essen: Die jungen Blätter glänzen, als wären sie frisch lackiert, sind zart und saftig und schmecken vorzüglich, wenn man sie wie Spinat zubereitet, mit Butter, Salz und Muskat.

Der Giersch ist eines von den Unkräutern, die man auch heutzutage noch mit gutem Gewissen »Unkraut« nennen darf: Erstens verdrängt und erstickt er jedes andere Pflanzenleben, und zweitens läßt er sich durch keinerlei biologische Maßnahmen vertreiben. Die schönen Tabellen in neueren Gartenbüchern, die uns die Unkräuter als »Zeigerpflanzen« vorstellen und uns dazusagen, wie wir den Boden behandeln müssen, damit das Unkraut verschwinde, übergehen den Giersch geflissentlich: Er wächst auch da, wo es gar nichts anzuzeigen gibt; er liebt den Stickstoff, kann aber auch ohne ihn auskommen; er weiß Feuchtigkeit und Schatten zu schätzen, aber Sonne und Dürre bringen ihn nicht um. Er ist von unglaublicher Zähigkeit, und wenn man ihn einmal hat, wird man ihn so leicht nicht los. Wer zu fleißigem Jäten rät, ist entweder ein Schalk oder kennt den Giersch nicht: Seine zahlreichen weißen Wurzeln brechen wie Glas, und aus jedem kleinsten Bruchstück sprießt schon nach wenigen Tagen ein neues Pflänzchen.

Den Giersch regelmäßig zu ernten und aufzuessen, ist da schon ein besserer Rat. Man wird ihn auf diese Weise zwar nicht ausrotten, aber man sieht ihn gleich in anderem Licht: als robustes, absolut wartungsfreies und unentwegt nachwachsendes Dauergemüse. (Es ist ja merkwürdig, daß jahrhundertelange züchterische Bemühungen bis heute noch kein solches Dauergemüse hervorgebracht haben. Wenn man dem Löwenzahn seine Bitterkeit wegzüchten könnte, bräuchte man keinen Salat mehr zu säen.) Früher benutzte man zerquetschte Giersch-Blätter, um rheumatische Schmerzen zu lindern. Deshalb hieß er auch Zipperlekraut oder Podagrakraut *(Aegopodium podagraria).*

Übrigens gibt es eine (auch für andere Wurzelunkräuter brauchbare) Bekämpfungsart, die, wenn schon nicht richtig biologisch, so doch wenigstens chemiefrei ist: Man deckt den vom Giersch befallenen Bereich mit schwarzer Folie ab, beschwert diese mit ein paar Steinen und läßt sie mindestens ein Jahr lang liegen. Ohne Licht und Wasser hält es selbst der Giersch so lange nicht aus. Ein wenig Bodenleben kann auch unter der Folie noch bestehen, und im nächsten Jahr läßt sich die Fläche mit einer Kompostgabe schnell wieder regenerieren. So unbiologisch ist das Verfahren gar nicht, ein Erdrutsch am Hang ist im Prinzip dasselbe.

Im April beginnen in meinem Garten zwei absonderliche Gräser zu gebären: sie sind eng miteinander verwandt und haben eine teils nahezu gleiche, teils grundverschiedene Überlebensstrategie. Das eine ist das Alpen-Rispengras *(Poa alpina)*, das andere heißt Zwiebel-Rispengras *(Poa bulbosa)*, auch Knollen-Rispengras.

Beide Gräser tragen an ihrer Rispe fast niemals Blüten, sondern fertige winzige Graspflänzchen mit leicht gebogenen Blättern, die der Rispe ein heiterbeschwingtes Aussehen verleihen. Während der »Blüte«-Zeit sehen sich die beiden Gräser ziemlich ähnlich; bald danach aber gehen sie ganz verschiedene Lebenswege: Die Ähren des Alpen-Rispengrases werden, weil die kleinen Brutpflanzen kräftig wachsen, immer schwerer; sie neigen sich zur Erde, wurzeln sogleich an und bilden schon nach wenigen Wochen kräftige neue Horste um den alten herum. Die Ähren des Zwiebel-Rispengrases hingegen trocknen ein und kippen um, und wenig später welkt auch die Mutterpflanze dahin, wie von einer plötzlichen Krankheit befallen. In Wahrheit ruhen beide nur. Im September oder Oktober, wenn rundherum das herbstliche Welken beginnt, treibt die Mutterpflanze wieder aus, auch die am unteren Ende zwiebelartig verdickten »Kindl« schlagen Wurzeln und ergrünen, und beide gehen frisch und aufrecht durch den Winter.

Was die beiden Gräser verbindet und was sie unterscheidet, hat seinen strategischen Sinn: Das Alpen-Rispengras erlebt in seiner Heimat nur eine ziemlich kurze Vegetationsperiode; es sichert seine Vermehrung, indem es die Stufen der Samenbildung, Reifung und Keimung überspringt und statt dessen gleich fertige Brutpflänzchen hervorbringt. Das Zwiebel-Rispengras hingegen stammt aus der südosteuropäischen Steppe. Dort sind die Winter nicht so kalt, aber dafür die Sommer um so trockener und heißer; das Zwiebel-Rispengras entgeht der Dürre, indem es zuvor noch schnell seine Kindl gebiert und sich dann mit diesen zusammen zur Sommerruhe begibt. Mit dem ersten Herbstregen beginnen sie den nächsten Lebensabschnitt.

Weise sei dies alles eingerichtet – hätte man früher gesagt. Heute sagt man, dies sei kein Wunder, sondern das Ergebnis von Mutation und Auslese, eine Anpassung also. Für mich bleibt es immer noch ein Wunder, daß zwei Gräser dort, wo eigentlich Blüten hingehören, fertige Pflänzchen erzeugen und mit diesen auch noch unterschiedlich verfahren. Die Mitteilung, dies alles sei genetisch bedingt und eine Folge von Mutationen, ist nur die Übersetzung des Rätsels in eine andere Sprache, in die Sprache der Biochemie. Wie denn eigentlich das, was auf der Ebene der Gene als Programm notiert ist, Gestalt annimmt, davon wissen wir weit weniger, als uns die Biologiebücher glauben machen möchten.

Man wird mir vorhalten, es sei ökologischer Unfug und ein Vergehen gegen den Gedanken des naturnahen Gartens, wenn ich mir ein Alpengras und ein Steppengras an den Niederrhein hole und auf ein Beet setze. Dazu wäre manches zu sagen. Für diesmal nur so viel: Hätten nicht Tausende von Gartenmenschen in Hunderten von Jahren wieder und immer wieder versucht, fremde Pflanzen in ihren Gärten anzusiedeln, dann hätten wir heute keine Tomaten, keine Kartoffeln und keine Radieschen; wir müßten die Echte Kamille entbehren, die Zitronenmelisse, den Salbei und das Bohnenkraut; wir hätten keine Lupinen, keine Kapuzinerkresse, keinen Flieder und keine Weiße Taubnessel, keinen Feld-Ahorn und kein Schwarzes Bilsenkraut, kein Gänseblümchen und keine Eselsdistel; nicht einmal den Acker-Ehrenpreis und die Kornrade hätten wir – sie alle und viele, viele andere sind keine Einheimischen, sondern Zugereiste oder Hergelaufene, und manche von ihnen sind heute in den Roten Listen als schutzbedürftig aufgeführt.

Wollte man Ernst machen mit dem Begriff der heimischen Pflanzen, dann müßte man eine Jahreszahl festlegen und von Amts wegen dekretieren, daß eine Pflanze, die vor dem Stichjahr bei uns war, als einheimisch zu gelten hat und jede danach angekommene als Fremdling. Aber das hieße dann doch, willkürlich aus unserer Sicht die Geschichte festzuschreiben, die in Wirklichkeit Jahr für Jahr weitergeht – mit oder ohne menschliches Zutun.

Die alten Bauerngärten, die sich zu Recht einer neuen Sympathie erfreuen, waren geradezu angefüllt mit importierten Arten: Sonnenblume und Rosmarin, Nachtkerze, Lavendel, Taxus und hundert andere, die uns heute fehlen würden, wenn es damals schon Leute gegeben hätte, die den natürlichen Garten mit heimischen Pflanzen propagiert und die »Exoten« geächtet hätten.

Ich plädiere nicht für die Tulpenrabatte vor der Fichtenkulisse, auch nicht dafür, daß man ingrimmig versucht, im »Steingarten« den Feigenkaktus durch den Winter zu bringen, der in südlicheren Ländern als robuste Heckenpflanze gedeiht und bei uns immer so aussieht, als hätte er sich verirrt und wäre doch lieber wieder zu Hause. Aber ich wehre mich dagegen, daß ich die Vielfalt freudig gedeihender Pflanzengäste aus vielen Gegenden und Ländern auf den Kompost werfen soll, um dann den ziemlich krampfhaften Versuch zu machen, auf vergleichsweise winzigem Raum ein Stück »echter« heimischer Natur zu zelebrieren. Ich kann mir kaum etwas Künstlicheres vorstellen als 80 Quadratmeter Almwiese oder Kahlschlag mit Weidenröschen, denn das Natürliche des Gartens besteht eben darin, daß er ein Garten ist, ein Gasthaus der Mannigfaltigkeit, ein Raum der bewußten Hege, der bewundernden Betrachtung (auch des Heimischen natürlich!), ein Raum des Experimentierens, des Sammelns, des Nutzens – kurz: Ein Garten ist natürlich ein Garten, und da es ihn immer gegeben hat, ist er ein Biotop wie jeder andere, der sich nicht vorwerfen lassen muß, er verletze die ökologische Moral.

Der April ist eine gute Zeit zum Umpflanzen: Die Erde ist noch frisch, Dürre kaum zu befürchten, und die Pflanzen selber nehmen Teilung und Versetzung nicht übel, sondern treiben willig durch. Jetzt können wir also alle im Vorjahr gefaßten Beschlüsse verwirklichen. Die Krötenlilie *(Tricyrtis)*, ein faszinierender Fremdling, bekommt einen neuen Halbschattenplatz, der Salbei muß noch mehr Sonne haben, und der Krähenfuß-Wegerich *(Plantago coronopus)* braucht einen Standort, auf dem er regelmäßig mit Füßen getreten wird, damit er seine charakteristische Rosette entwickelt.

Wer jetzt den gelegentlich zu hörenden Rat befolgt, sein Kräuterbeet aufzulösen und die Kräuter rundum zwischen anderen Stauden zu verteilen, der sollte zweierlei bedenken: erstens, daß fast alle Kräuter mageren Boden und volle Sonne mögen, und zweitens, daß es, je nach Wetter und Gartengröße, mühselig sein kann, die Kräuter für den abendlichen Salat oder für die grüne Soße aus mehreren Ecken zusammensuchen zu müssen; wenigstens die wichtigsten Kräuter gehören also in Küchennähe.

Grundfalsch hingegen ist es, die Minze im Kräuterbeet zu kultivieren. Sie verlangt einen nahrhaften, möglichst etwas feuchten Boden und will frei darin umherwandern. Sie nimmt es meist sehr übel, wenn man sie allzusehr einengt und etwa in einem eingegrabenen Eimer ohne Boden zu disziplinieren versucht. Der Eimer müßte schon eine Wanne sein, wenn das gelingen soll, und mindestens alle zwei Jahre muß man alle alten Rhizome herausreißen und ein paar junge neu pflanzen. Wenn man nur eine Minzenart hegt, mag das angehen. Schwieriger wird es für den, der aus der großen Zahl sehr verschiedener, sehr eigenartiger Minzen wenigstens die wichtigsten fünf oder sechs hegen will, um Abwechslung ins Pfefferminzteetrinken zu bringen und auch bei Suppen, Salaten und Saucen immer die passende wählen zu können: die Orangenminze, die Krauseminze, die Poleiminze, die Ananasminze oder welche auch immer.

Da die Minzen auch Halbschatten vertragen, habe ich mir geholfen, indem ich sie weit voneinander irgendwo unter lichte Sträucher verteilt habe und sie rigoros absteche und ausreiße, wenn sie sich zu sehr ausbreiten. Es ist schön, beim Gartenrundgang in mehreren Ecken den Minzen zu begegnen und sie zu begrüßen, indem man ein Blatt abbricht, zwischen den Fingern zerreibt und dann den Duft eine Zeitlang mit sich herumträgt. Den Winter übersteht die Minze unter den Sträuchern recht gut, während sie auf dem flachen Beet ein wenig Schutz gegen Kahlfröste braucht – denn auch die Minze stammt aus dem Mittelmeerraum und die besten Züchtungen aus englischen und nordamerikanischen Gärten …

Die Spinnerinnen, so liest man, hätten früher auf getrockneten Schlehen gekaut, um den Speichelfluß zu fördern und die Finger, die den Faden führten, besser anfeuchten zu können. Daß sie dafür gerade Schlehen nahmen, mag ihnen auch in anderer Hinsicht von Nutzen gewesen sein: Die Inhaltsstoffe der Schlehen sollen die Abwehrkräfte des Körpers stärken und gegen Halsentzündungen und rheumatische Beschwerden wirksam sein. Vielleicht sollte man tatsächlich anstelle von Mentholbonbons getrocknete Schlehen kauen.

Dazu müßte man einen Schlehdorn *(Prunus spinosa)* im Garten haben. Gerade jetzt steht er in Blüte, das heißt, er ist beladen mit einer Schaumwolke aus kleinen weißen, dicht beieinanderstehenden Blüten an den schwarzen, noch unbelaubten Zweigen. Bald treiben die zierlichen Blätter aus, und später reifen in dem dornigen, undurchdringlichen Gestrüpp die kirschenähnlichen Früchte heran; sie sind blau, hell bereift, schmecken im Herbst noch arg sauer und ziehen die Mundschleimhaut zusammen, aber die ersten Fröste lassen genug Zucker entstehen, um die Schlehen genießbar und für viele Zwecke brauchbar zu machen – für Marmeladen, Liköre und Säfte. Die getrockneten Schlehenblüten ergeben übrigens einen sanft abführenden Tee, und die dicht verhakelten Zweige mit ihren langen Dornen sind ein sicherer Schutz- und Nistplatz für Vögel.

Ein vielseitiges Gehölz also, das noch auf steinigem Boden gedeiht (allerdings für Kalk und Wärme dankbar ist) und, wenn man es in der Baumschule kauft, kaum mehr kostet als ein Alpenveilchen; drei oder vier Jahre später ist der Strauch mannshoch.

Das einzige, was sich gegen den Schlehdorn als Gartenstrauch anführen läßt, ist seine Neigung, unablässig Ausläufer und Wurzelschosse hervorzubringen, so daß unter ihm kein Pflanzenleben möglich ist und die nähere Nachbarschaft stets unter Druck gerät. Mit einer Ausnahme: Der Weißdorn *(Crataegus)* soll so viel Macht über die Schlehe haben, daß sie in seiner Nähe verdorrt und stirbt – weshalb man einen mit Schlehenzweigen begangenen bösen Zauber leicht durch Weißdornzweige auflösen konnte.

Ob die beiden Sträucher sich wirklich so schlecht vertragen, habe ich noch nicht ausprobiert. Ganz gewiß gibt es viele solcher gegenseitigen Beeinflussungen von Pflanzen (»Allelopathie« heißt das Fachwort dafür), doch muß ich gestehen, daß ich allen Nachrichten über Freundschaften und Feindschaften nur mit größter Vorsicht begegne. Vieles mag durch lange Erfahrung gesichert sein, aber allzuoft hat sich bei kritischer Prüfung auch erwiesen, daß zufällige, nicht genau genug kontrollierte Beobachtungen zu ehernen Gartenweisheiten erhoben worden waren. Zum Beispiel gab es früher im Heilpflanzenanbau zahlreiche Regeln, wonach bestimmte Nachbarschaften ganz erstaunliche fördernde oder hemmende Auswirkungen auf die beteiligten Arten haben sollten – aber als man diese Angaben in umfangreichen Feldversuchen nachprüfte, blieb so gut wie nichts davon übrig.

Das sollte nun kein Grund sein, solche Regeln von vornherein als Gartenlatein abzutun. Im Gegenteil: Es wäre an der Zeit, einmal alle in Umlauf befindlichen Ratschläge zu sammeln und dann mit möglichster Genauigkeit die Probe aufs Exempel zu machen, in gut vorbereiteten und genau dokumentierten gärtnerischen Versuchen. Um nachzuweisen, daß sich Kohl nicht mit Zwiebeln verträgt, genügt es nicht, die beiden zusammenzupflanzen und dann grob zu schätzen, ob der Kohl schlechter geraten ist als im vorigen Jahr, da er andere Nachbarn hatte; vielmehr muß man gleichzeitige Kontroll-Experimente machen und dafür sorgen, daß alle Versuchsbedingungen (Boden, Belichtung, Bewässerung, Kleinklima) absolut gleich sind. Schon sehr geringe Abweichungen können das Ergebnis drastisch verändern.

Wenn zwei Pflanzenarten nebeneinander (oder nacheinander) besonders gut oder besonders schlecht gedeihen, dann kann dies sehr verschiedene Ursachen haben; es können direkte Wirkungen der einen Pflanze auf die andere vorliegen (zum Beispiel durch Wurzelausscheidungen) oder indirekte Wirkungen (zum Beispiel, daß die eine Art den spezifischen Schädling der anderen fernhält).

Soweit die Wissenschaft sich mit der Allelopathie beschäftigte, hat sie es meist darauf angelegt, die Wirkung bestimmter Inhaltsstoffe einer Pflanze nachzuweisen, sehr oft mit Hilfe von Extrakten, getrockneten Blättern, Wurzelwaschwasser oder ähnlichem. Zumindest für den schlichten Gärtner aber erschiene es mir sinnvoller, daß man die Nachbarschaften unter normalen Gartenbedingungen durchprobiert. Das wäre ökologische Feldforschung, deren Ergebnisse man (auch fotografisch) festhalten sollte, möglichst in einer Kladde, die das irdische Leben des Gärtners überdauert. (Es ist ja überhaupt merkwürdig, daß man immer nur von Omas Kochbuch mit ihren besten und geheimsten Rezepten hört, aber nie von Opas Gartenbuch, in dem sicher auch guter Rat zu finden wäre.)

Unter der Ölweide hat sich der Aronstab *(Arum maculatum)* selbst ausgesät, ein Zeichen dafür, daß ihm die Nachbarschaft bekommt. Im ganzen Garten muß man jetzt auf solche Selbstaussaaten achten und sich, bevor man die Sämlinge ausreißt, vergewissern, ob es sich nicht um eine jener vielen Arten handelt, die uns alle Mühe der Vermehrung und Neuaussaat abnehmen, indem sie selber für ihre Erhaltung sorgen und selber entscheiden, wo sie in diesem Jahr siedeln wollen. Auch viele Gehölzsamen, von Vögeln oder vom Wind oder über den Kompost im Garten verteilt, keimen jetzt gern im Schutz anderer Pflanzen. Plötzlich taucht irgendwo eine kleine Wacholderkolonie auf (für die wohl eine Amsel verantwortlich ist) oder das zarte Jungpflänzchen einer Mahonie, dessen rundliche Blätter nur ganz fein bestachelt sind und so hauchdünn, daß man, wenn man sie gegen das Licht hält, die gelbe Tönung des Saftes wahrnimmt, die später nur noch beim Durchschneiden des Holzes zu sehen ist.

Oft ist im Sämling das Wesen der Art (oder der Gattung) wie in einem Kürzel ausgedrückt. Wenn man sich eingehender mit Sämlingen beschäftigt, wird man sie bald ziemlich sicher bestimmen können, und man wird erstaunt bemerken, welche vagen, unscheinbaren Andeutungen der künftigen Gestalt dafür schon ausreichen. Wer nicht eine prinzipielle Abneigung gegen das Pressen und Trocknen von Pflanzen hat, kann sich ein Herbarium von Sämlingen anlegen. Gerade aus der vergleichenden Anschauung der einfachen Anfangsformen wird er ein Empfinden dafür gewinnen, daß es mehr als nur romantisierende Schwärmerei ist, wenn man (außerhalb der wissenschaftlichen Botanik) vom »Wesen« einer Pflanze spricht.

Mehr denn je sind die Stunden des Gärtnerns jetzt von einer gewissen Spannung erfüllt: Allenthalben kommt Überraschendes zum Vorschein, an anderen Stellen bleibt Erwartetes aus, weil es dem Frost oder eisiger Nässe zum Opfer gefallen ist. In den meisten Gärten fehlen die Hügel oder Böschungen, die man aus grobem Kalkschutt oder Steinen errichten sollte (nicht eine Handbreit hoch, sondern kniehoch!), damit die gefährliche Winternässe ohne jede Stauung ablaufen kann. In den Winkeln und Tälchen solcher Bergschüttungen gedeihen zahllose Pflanzen aus den Felsspalten- und Trockenrasengesellschaften, die auf dem flachen Beet nur kümmerlich leben können – auch wenn dieses Beet durch ein paar dekorativ verteilte Steine als »Steingarten« deklariert worden ist. Es sind nicht die Steine auf der Erde, sondern die Steine unter der Erde, die einen Steingarten zum Steingarten machen.

Die Nachahmung natürlicher Biotope im Garten stößt schnell auf Grenzen, aber man kann wenigstens die wichtigsten Lebensbedingungen eines natürlichen Standortes in kleineren Gartenbereichen zu schaffen versuchen. Kaum jemand wird zum Beispiel über ein Waldstück verfügen, in dem sich die Frühjahrsblüher des Laubwaldes ansiedeln ließen, die die kurze Zeit bis zum Laubaustrieb nutzen und später, wenn es schattig wird, oft ganz »einziehen«; aber in jedem Garten findet sich eine Ecke unter Sträuchern oder Bäumen, wo auf kleinem Raum genau diese Bedingungen gegeben sind. Dort könnte jetzt die Schaftdolde *(Hacquetia epipactis)* blühen, die in Staudenkatalogen als Gartenpflanze angeboten wird, tatsächlich aber auch als einheimische Wildpflanze gelten kann: Sie ist von Süden her bis in die schattigen Laubwälder Schlesiens vorgedrungen. Im April öffnen sich die eng dem Boden anliegenden Blüten, die in einer kleinen rundlichen Dolde zusammengedrängt und von fünf oder sechs großen gelblichen Hochblättern umgeben sind: ein Doldenblütler, der wie ein Korbblütler daherkommt. Die Laubblätter sind um diese Zeit noch kaum entfaltet und haben ganz kurze Stiele, so liegen die Blüten nebeneinander auf einem flachen grünen Teppich. In den nächsten Wochen werden sich Blattstiele und Blütenstiele immer mehr verlängern, das gelbgrüne Polster reckt sich in die Höhe und zugleich vergrünen die Blüten völlig; irgendwann im Sommer verschwindet die Schaftdolde dann wieder.

Bei mir macht sie dem (eng mit ihr verwandten) Wassernabel Platz, dessen größtenteils unterirdisch kriechende Stengel sich mit dem Wurzelwerk der Schaftdolde gut vertragen. Der Wassernabel *(Hydrocotyle vulgaris)* hat fast kreisrunde, leicht gekerbte Blätter, markstückgroß, mit denen er, wo es feucht genug ist, ganze Flächen bedecken kann. Seine Blüten sind unscheinbar, die runden Blattschilde aber auffallend, weil es so runde Blätter in den Gärten sonst eigentlich nur noch bei der Kapuzinerkresse gibt.

Warum gibt es so wenige Pflanzen mit runden Blättern? Oder umgekehrt: Warum gibt es überhaupt runde Blätter? Und warum gibt es so viele verschiedene Blätter? Ich weiß es nicht. Aber ein Teil der Antwort liegt schon in der Tatsache beschlossen, daß auch jene es nicht wissen, die uns sonst so genau zu sagen vermögen, daß und warum jedes Detail einer Gestalt nichts, aber auch gar nichts anderes ist als ein Mittel zur Erfüllung eines Zweckes.

Ostersonntag im Wurstlprater

Fritz von Herzmanovsky-Orlando

(Um die Gunst seiner Angeschmachteten, der Sängerin Höllteufel, zu erlangen, will ihr der k. k. Hofsekretär Jaromir Edler von Eynhuf einen Liebestrank applizieren. Dazu braucht er allerdings eine Helferin ...)

Welch launiges Geplänkel sahen die Veilchentage dieses Frühlings! Der zierliche Sekretär nutzte die Zeit, die der Liebestrank zur Reife brauchte, gut aus, seine nötigen Vorbereitungen zu treffen.

Wie ein feiner Diplomat knüpfte er geschickt Knoten um Knoten am Netze, das die ahnungslose Sängerin umgarnen sollte. Zuerst versicherte er sich des Namens des Zöfchens. Ludmilla hieß es. Ludmilla Steigenfierer. Dann sprach er mit Frau Barbara Pimeskern, der Milchmeierin. Deren Gunst gewann er durch ein gelbes Kopftuch, mit thalergroßen roten Punkten bedruckt. Er spielte ihr gegenüber einen schmachtenden Amanten, dem es Ludmilla angetan hatte. Mit viel Verständnis und Freude am Kuppeldienst versprach ihm das gefällige Milchweib, ein rosa Briefchen ohne Unterschrift der Zofe zuzustecken, und sie, deren Neugierde gereizt sein würde, ihm zu einem Stelldichein ins Hinterzimmer des Ladens zuzuführen.

Die Stunde kam. Ludmilla erstaunte nicht schlecht, als sie den Herrn wiedersah, der den tragantenen Engel vor Wochen zur Herrin gebracht.

Ein heißes Triumphgefühl trieb ihr das Blut in die Wangen. Der schöne, feine Herr sollte seinen Blick auf sie geworfen haben – sein Herz würde ihr gehören, sein Herz, das für die stolze Dienstgeberin geschlagen! Der Triumph des Weibes regte sich in ihr – die Freude am Wegschnappen der Beute – o Futterneid der harmlosen Liebesungeheuer!

Dem Eynhuf tat's weh, seiner eigenen Liebe eine Comödie vorspielen zu müssen, doch war es nötig, das Mädchen zu kirren, um seinen Zweck zu erreichen. Sie bloß zu kaufen – neben klingenden Goldstücken der Venus auch kupferne Scheidemünzen der Liebe im Beutel – schien ihm zu gefährlich. Sie hätte bestimmt geplaudert; unter welchem Vorwand hätte er dann ins Haus seiner angebeteten Schönen dringen können, aus dem er sich selbst hinausgeworfen hatte?

Die kurzen Viertelstunden bei der Milchmeierin – Ludmilla hatte wenig freie Zeit, da sie die Herrin auch in der Oper bediente – stellten seine Verstellungsgabe auf keine zu schwierigen Proben. Auch war er überzeugt, daß das leichtfertige Ding an einem kleinen Liebesgetändel sein Genügen haben werde. Aber zu seinem Entsetzen sollte er bemerken, daß ihm seine Männerschönheit einen bösen Streich spielte, und er eine Glut entfachte, die ihm noch bittere Stunden bereiten und in ihm den Wunsch gebären würde, ein Zwitter aus Don Juan und St. Florian – dem Löscher des Brandes – zu werden, ein noch nie dagewesener Janus im Tempel Cupidos.

Eines Tages, er war gerade aus dem lauen Abendduft der finsteren Gasse in das feuchtkalte, verschwiegene Hofstübchen getreten, über dessen Türe ein Heiligenbild, die Dienstbotenmuttergottes, mit dunkelrotem Öllämpchen prangte, streichelte Ludmilla zärtlich seine Hand und flüsterte beglückt: »Jaromir! Morgen hab ich Ausgang, da gehn wir zwei in den Wurstlprater! Je, wie ich mich freu!«

Eynhuf glaubte zu spüren, wie das Herz in seiner Brust einen Purzelbaum schlug …

»In den Wurstlprater!« Wo er sich doch vorgenommen hatte, den freien Ostertag dem lieben alten Freund seines Vaters zu widmen, dem Nadir, Baron von Semlin, Sohn des Schahs von Persien Nadir, der 1747 von seinem Neffen Ali Kulikan ermordet worden war. Besagter Sohn flüchtete nach Semlin, wo ihn Maria Theresia taufen und erziehen ließ. Sein hoher Vater, Nadir, hatte seinerzeit den Großmogul besiegt und in Delhi

100.000 Leute niedergemetzelt. Schon als Knabe kam Eynhuf mit seinem seligen Vater oft zur Jause hinaus. Zähnefletschend zeigte der alte Baron gerne den Gästen in seinem Garten die Totenschädelvorräte aus besseren Tagen der Familie. Nadir war übrigens kein böser Mann. Allerdings munkelte man von Mödling bis Petersdorf, ja noch weiter, daß er orientalische Gewohnheiten habe.

Nun ja, einen kleinen geheimen Harem hatte er, dem eine gewisse Kaltenbrunner Anna, eine resolute Dirne, vorstand. Manchmal ging's festlich zu – da mußte Pantaleon Hebenstreit, der beste Cymbalspieler, der sich an der nahen ungarischen Grenze – dem Heuboden – und bei Eisenstadt gerne herumtrieb, herhalten und, von seinem Freunde, dem Dudelsackvirtuosen Hieronymus Schebesta, begleitet, den greisen Baron mit wilden Liedern umtanzen. Das zog alles lockere Volk an: Bettler mit ihren räudigen Hunden kamen, nach den Brosamen des Festes zu haschen.

Aus Dankbarkeit für das Mödlinger Refugium wollte er aus den Delhier Totenschädelpyramiden einen Biedermeierpavillon errichten, wo er den guten Kaiser Franz öfter zum Café zu sehen hoffte. – Es wurde dankend abgelehnt. – Seitdem grollte der Alte, denn sein Lebensabend war ihm verbittert. Wie nett hatte er es sich doch vorgestellt, wie zwischen den lichten Schädelsäulen die dunklen Kiefern des Brühltales und der strahlend blaue Himmel mit den lichten Federwolken durchschauen würden. Festlich geputztes Volk würde hinaufstarren, gelbe Zeiserlwagen würden vorbeihutschen, wenn, von Odalisken bedient und von Hieronymus Schebesta kunstvoll umpfiffen, das lange Antlitz des gütigen Kaisers mit den wasserblauen Augen und dem dünnen, farblosen Haar über das geschliffene Caféglas gebeugt ... doch verweht waren seine Träume.

»Hinaus zum guten Alten ... mach ihm die Freid!« so sprach die Stimme des Gewissens zu Eynhuf – doch nein! der kommende strahlende Morgen sah ein anderes Bild.

Eynhuf und Ludmilla traten aus dem Dämmer dunkler

Straßen der alten Kaiserstadt hinaus in den grüngoldnen Frühlingstag, dessen Herrschaft an den Basteien voll begann. So weit das Auge reichte, Sonnenglanz und Blütenjubel. Selbst die bronzenen Kartaunen mit den Delphinhenkeln schienen sich wohlig zu sonnen, reich mit stilisierten Vögeln, Obstkörben, Blumenwerk, selbst nackten, übertrieben gerundeten Mädchenleibern überreich verziert.

Die steifen Wachtposten – weißer Waffenrock, enge blaue Hosen und enorme Bärenmützen – litt es nicht in den barock behelmten Steinkäfigen, die als Schilderhäuser dienten. Das Licht funkelte auf der kupfernen Kuppel St. Carls, die wie ein Schnitzwerk aus altem Elfenbein vom Himmelskrystall sich abhob.

Über dem Schwarzenberg-Palast und in den Fenstern der phantastischen Silhouette des Belvederes leuchtete und glitzerte es. Es war so klar, daß man den verschnörkelten Teppich seines Gartens mit den vielen Kegelbäumchen, den Cascaden und die marmornen Sphinxe erkennen konnte. Equipagen rasselten vorüber, braune, blaue, fliederfarbene. Leibjäger mit goldenen Hüten am Bock, weißstrümpfige, steife Lakaien in eitlem Zinnober, Waldgrün oder gar Purpur hintauf, geputzte Wunder von Damen und ernstnasige Herren darinnen. Auch Eynhuf hatte sich fein gemacht – viel feiner, als er sollte.

Paßten denn zu seiner gefährlichen und verschwiegenen Escapade der neue zwetschgenfarbene Anzug, der hohe perlgraue Seidenhut und gar die polnischen Schuhe aus grünem Saffian mit den goldenen Troddeln? Eynhuf, Eynhuf! wie soll das enden?! Noch dazu über die breite Jägerzeile will sie gehen, die im brennendsten Sonnenglast daliegt. Mochte sie schmollen, das tat er doch nicht. Wie athmete der Hofsekretär auf, als der Leidensweg beendet war, und er den Volksprater vor sich sah, in dessen wenig vornehmem Menschengewühl er unauffällig unterzutauchen hoffte, da dieser Teil von den Angehörigen seines Kreises und seiner Kaste sorgsam gemieden wurde.

Lärmen und Tosen erfüllte die Gänge zwischen den Buden.

Ein schwüler Hauch lagerte über der Menge, die auf dem staubigen groben Kies scharrte; nur ab und zu kam ein Lufthauch von der Donau herüber und erfrischte die erhitzten Gesichter.

Es roch nach Bier und billigen Speisen, nach frischem Anstrich und dann wieder nach dem feuchten Humus der Praterauen, zwischen deren moderndem Laubteppich ordinäre Veilchen wucherten. Glückshafen gab's da und Ringelspiele, eine große Rutschbahn und Schießbuden und alles, alles mußte das unglückselige Opfer Cupidos durchkosten, nichts blieb ihm erspart. Ludmilla war unersättlich. Er mußte mindestens viermal jausnen, Unmengen Bier, Käse, Wurst, Zichorienkaffee und schließlich candierte Früchte verspeisen, Früchte, die uncandiert wohl nie gegessen werden und selbst gewiegten Botanikern unlösbare Rätsel bleiben. Endlich fand es Ludmilla am Platze, ihr körperliches Wohlbehagen durch einen flotten Ritt auf einem Ringelspielpferde zu krönen. »Zu die zwei silbernen Ritter« hieß die Unglücksstätte. Als er sich weigerte, wurde sie heftig, und er fürchtete schon, seine Autorität bei ihr zu verlieren …

Also die Zähne zusammengebissen – hopp aufs Pferd. Lanners unsterbliche Weisen ertönten, Eynhufs Rößlein, ein Apfelschimmel mit teuflischem Blick, begann sich knacksend zu schaukeln – da, um Himmelswillen, ist das nicht die Frau Beischl? Frau Beischl, ihre unwahrscheinliche Fülle in ein spangrünes Seidenkleid gestopft, einen Hut mit wallenden, eingeweidefarbenen Straußfedern über dem unbeschreiblich ausdruckslosen Antlitz, das schon aus geringer Entfernung soviel Details verlor, daß es verzweifelt unanständig anzusprechen war! Ein kleines, zurückgebliebenes Ding ohne Schneidezähne schob sie schützend vor sich her, der Kleidung nach ein Mädchen, mit uraltem Ausdruck im Gesicht und müden Augen, die wie kleine Mauslöcher aussahen. Auf dem straff zurückgezerrten fahlen Haar trug es einen Kranz aus giftgrünen Blättern, mit welken Leinwandblumen untermischt – Firmzeit! Ja richtig, das hatte er ganz übersehen.

Eine Zeitlang glotzte ihn die Selcherswitwe verständnislos

an, dann blieb ihr Mund lange offen, während der unglückliche Sekretär, der wie gelähmt auf seinem jammervollen Spielzeug saß, grotesk auf und nieder wippend, immer wieder bei ihr vorbeigezerrt wurde. So viel Geistesgegenwart aber hatte er noch, sein Gesicht durch Schiefstellen der Nase arg zu verzerren, damit die Beischl auf diese Art vielleicht in ihrem Urteil unsicher gemacht würde. Das Schlimmste kam noch: Ludmilla, die neben ihm trunken vor Seligkeit ritt, legte bei der letzten Tour unerwartet, ehe es der entsetzte Eynhuf verhindern konnte, schmachtend ihre Arme um seinen Nacken und blickte ihm, sich breit und üppig wiegend, verheißungsvoll ins grämlich verzerrte Antlitz.

»Hast Zähndweh, armer Häuter?« fragte sie innig besorgt, »kumm, gehn mir zu mir z'haus, ich richt dir an Salbeithee – is niemand in der Wohnung. D'Köchin is weg, 's Extramadl is a weg und d' Gnädige is eingeladen bei die Lukaseder in der Hinterbrühl – der junge Herr hat's heit früh mit'n Jagdwagen abgholt.«

Eynhuf blickte sie an mit einem Ausdruck wie ein abgestochener Ziegenbock und zuckte weinerlich mit der Unterlippe.

Willenlos folgte der zerbrochene Sekretär, willenlos betrat er mit ihr in der Stille des goldigen Spätnachmittags von der sonntäglich leeren Straße das kühle, herrschaftliche Haus, in dem es so angenehm aber undefinierbar roch, vielleicht nach dem Edelmoder weitbauchiger Weinfässer in den vielgeschossigen Kellern, vermischt mit dem leichten Wachsduft der weitläufig vornehmen Wohnungen, die nur mit Kerzen beleuchtet wurden, übrigens selten genug, da die Insassen sich wenig in der finsteren, gewaltigen Stadt aufhielten. Oder waren es die Räucherkerzchen aus Ambra und Myrrhen und das kostbare Linnen, oder waren es die Kobolde, die gewiß hier, wie in allen uralten Häusern, wohnten und sich sonntags vertrocknete Jerichorosen als Knopflochbuketten ihrer Spinnewebcostüme leisteten?

Eynhuf konnte dies schwer entscheiden, dazu war sein seelisches Gleichgewicht heute zu sehr gestört. Wenn die Beischl ihn tatsächlich erkannt haben sollte, und die Schosulan alles erführe – nicht auszudenken, was dann geschah!

Ludmilla ließ ihn mit glänzenden Augen vorausgehen.

Neuer Frühling XI

Heinrich Heine

Es drängt die Not, es läuten die Glocken,
Und ach! ich hab den Kopf verloren!
Der Frühling und zwei schöne Augen
Sie haben sich wider mein Herz verschworen.

Der Frühling und zwei schöne Augen
Verlocken mein Herz in neue Betörung!
Ich glaube, die Rosen und Nachtigallen
Sind tief verwickelt in dieser Verschwörung.

Das Frühjahr

Bertolt Brecht

Das Frühjahr kommt.
Das Spiel der Geschlechter erneuert sich
Die Liebenden finden sich zusammen.
Schon die sacht umfassende Hand des Geliebten
Macht die Brust des Mädchens erschauern.
Ihr flüchtiger Blick verführt ihn.

In neuem Lichte
Erscheint die Landschaft den Liebenden im Frühjahr.
In großer Höhe werden die ersten
Schwärme der Vögel gesichtet.
Die Luft ist schon warm.
Die Tage werden lang und die
Wiesen bleiben lang hell.

Maßlos ist das Wachstum der Bäume und Gräser
Im Frühjahr.
Ohne Unterlaß fruchtbar
Ist der Wald, sind die Wiesen, die Felder.
Und es gebiert die Erde das Neue
Ohne Vorsicht.

Aus dem Diwan

Dschelaladdin Rumi

Mein Herz ist der Muschel gleich,
die Perle: des Freundes Traum.
Ich passe nicht mehr in mich –
Er füllt ganz den Herzensraum!

Diotima

Friedrich Hölderlin

Leuchtest du wie vormals nieder,
Goldner Tag! und sprossen mir
Des Gesanges Blumen wieder
Lebenatmend auf zu dir?
Wie so anders ists geworden!
Manches, was ich trauernd mied,
Stimmt in freundlichen Akkorden
Nun in meiner Freude Lied,
Und mit jedem Stundenschlage
Werd' ich wunderbar gemahnt
An der Kindheit stille Tage,
Seit ich sie, die Eine, fand.

Diotima! edles Leben!
Schwester, heilig mir verwandt!
Eh ich dir die Hand gegeben,
Hab' ich ferne dich gekannt.
Damals schon, da ich in Träumen,
Mir entlockt vom heitern Tag,
Unter meines Gartens Bäumen,
Ein zufriedner Knabe lag,
Da in leiser Lust und Schöne
Meiner Seele Mai begann,
Säuselte, wie Zephirstöne,
Göttliche! dein Geist mich an.

Nun! ich habe dich gefunden!
Schöner, als ich ahndend sah,
Hoffend in den Feierstunden,
Holde Muse! bist du da;
Von den Himmlischen dort oben,
Wo hinauf die Freude flieht,
Wo, des Alterns überhoben,
Immerheitre Schöne blüht,
Scheinst du mir herabgestiegen,
Götterbotin! weiltest du
Nun in gütigem Genügen
Bei dem Sänger immerzu.

Hanswursts Hochzeit

Johann Wolfgang von Goethe

Und hinten drein komm ich bey Nacht
Und vögle sie dass alles kracht
Sie schwaumelt oben in höhern Sphären
Lässt sich unten mit Marcks der Erde nähren
Das giebt Jungens Leibseelig brav
Allein macht ich wohl ein Schweinisch Schaf.

Menage à n^x

Manfred Back

Katja, eine Frau, die ich sehr mag, erzählte mir neulich von ihrer Liebe zu einem Mann, den ich nicht mag, wobei ich Letzteres mit Rücksicht auf Erstgenannte verschwieg.

Kurze Zeit später konnte ich ihr von meiner Liebe zu Susanne berichten, einer Frau, die sie nicht mag, was sie mir zwar verschwieg, was mir aber von Ulrike, einer Studentin, die Katja nicht mag, weil ich diese mag, weitergegeben wurde.

Unglücklicherweise verliebte sich Ulrike dann in den von mir sehr geschätzten Bruder Katjas, Jürgen, einen vorzüglichen Kenner der Werke Mozarts. Jürgen aber, der sein sogenanntes Coming out vor Jahren im Westfälischen erlebt hatte, verliebte sich seinerseits in den neuen Freund Katjas, eine Mitteilung, die ich einem Bekannten Susannes, Rolf, verdanke, einem Arbeitskollegen Jürgens – wobei ich auch aus Gründen der Übersicht sehr darauf hoffe, dass Rolf wirklich nur ein Bekannter Susannes ist.

Eine Leidenschaft Rolfs für Susanne könnte die Dinge leicht aus dem Gleichgewicht bringen.

Wie ich eines schönen Morgens im April das 100%ige Mädchen sah

Haruki Murakami

Eines schönen Morgens im April komme ich auf einer kleinen Seitenstraße in Harajuku an dem 100%igen Mädchen vorbei.

Ehrlich gesagt, ist sie nicht besonders hübsch. Sie ist weder besonders auffällig, noch ist sie schick gekleidet. Ihre Haare sind hinten vom Schlaf verlegen. Sie ist nicht mehr jung. So an die dreißig wird sie sein, nicht eigentlich ein Mädchen. Aber trotzdem weiß ich schon aus fünfzig Meter Entfernung: Sie ist für mich das 100%ige Mädchen. Bei ihrem Anblick dröhnt es in meiner Brust, und mein Mund ist trocken wie eine Wüste.

Vielleicht gibt es einen bestimmten Typ Mädchen, der dir gefällt, mit schmalen Fesseln zum Beispiel oder großen Augen, vielleicht stehst du auf schöne Finger oder fühlst dich, warum auch immer, von Mädchen angezogen, die sich beim Essen viel Zeit lassen. Dieses Gefühl meine ich. Auch ich habe natürlich meine Vorlieben. Manchmal ertappe ich mich dabei, wie ich im Restaurant gebannt auf die Nase des Mädchens am Nachbartisch starre.

Aber den Typ des 100%igen Mädchens kann keiner definieren. An die Form ihrer Nase kann ich mich gar nicht erinnern. Ich weiß noch nicht einmal mehr, ob sie überhaupt eine hatte. Ich weiß nur, daß sie keine nennenswerte Schönheit war. Irgendwie seltsam.

»Gestern kam ich an dem 100%igen Mädchen vorbei«, erzähle ich jemandem.

»Hm«, antwortet er, »war sie hübsch?«

»Nein, das nicht.«

»Also dein Typ.«

»Ich weiß es nicht mehr. Ich erinnere mich an nichts. Weder an die Form ihrer Augen, noch daran, ob sie große oder kleine Brüste hatte.«

»Das ist sonderbar.«

»Ja, es ist sonderbar.«

»Na und«, sagt er scheinbar gelangweilt, »hast du was gemacht? Hast du sie angesprochen, oder bist du ihr nachgelaufen?«

»Nein, nichts. Ich bin einfach an ihr vorbeigegangen.«

Sie ging von Osten nach Westen, ich von Westen nach Osten. An einem besonders schönen Morgen im April.

Ich möchte mit ihr sprechen, und wenn nur für eine halbe Stunde. Ich möchte von ihrem Leben erfahren und ihr von meinem erzählen. Mehr als alles andere aber möchte ich die Umstände des Schicksals klären, das uns an einem schönen Morgen im April neunzehnhunderteinundachtzig in einer kleinen Seitenstraße in Harajuku aneinander vorbeigeführt hat. Bestimmt birgt es wohlige Geheimnisse, so wie eine alte Maschine aus friedlichen Zeiten.

Nachdem wir uns unterhalten hätten, würden wir irgendwo zu Mittag essen, einen Woody-Allen-Film sehen oder an einer Hotelbar einen Cocktail trinken. Wenn alles gut ginge, würde ich später vielleicht mit ihr schlafen.

Die Chance pocht an die Tür meines Herzens.

Nur noch 15 Meter liegen zwischen ihr und mir.

Also, wie soll ich sie ansprechen?

»Guten Tag. Würdest du dich kurz mit mir unterhalten? Nur eine halbe Stunde.«

Das klingt ziemlich albern. Wie ein Versicherungsvertreter.

»Entschuldigung, gibt es hier in der Nähe eine 24-Stunden-Reinigung?«

Das ist genauso albern. Ich habe noch nicht einmal einen Wäschesack. Wer würde mir so etwas abnehmen?

Vielleicht sollte ich sie ganz offen ansprechen. »Hallo. Du bist für mich das 100%ige Mädchen.«

Nein, Quatsch. Das wird sie bestimmt nicht glauben. Und wenn, wird sie sich kaum mit mir unterhalten wollen. Ich mag für dich das 100%ige Mädchen sein, wird sie vielleicht antworten, aber du bist für mich leider nicht der 100%ige Mann. Das ist ziemlich wahrscheinlich. Und in einer solchen Situation käme ich bestimmt furchtbar durcheinander. Von einem solchen Schock würde ich mich vielleicht nie wieder erholen. Ich bin schon zweiunddreißig. So also fühlt es sich an, alt zu werden.

Vor dem Blumenladen gehe ich an ihr vorbei. Ein warmer Luftzug streift meine Haut. Der Asphalt ist mit Wasser besprengt, und ringsum verbreitet sich Rosenduft. Ich kann sie nicht ansprechen. Sie trägt einen weißen Pullover und hält einen weißen Umschlag in der rechten Hand, noch ohne Briefmarken. Sie hat jemandem einen Brief geschrieben. Ihre Augen wirken sehr müde, vielleicht hat sie die ganze Nacht geschrieben. Und vielleicht enthält dieser Umschlag alle ihre Geheimnisse. Als ich mich nach einigen Schritten umdrehe, ist ihre Gestalt bereits in der Menschenmenge verschwunden.

Jetzt weiß ich natürlich genau, wie ich sie damals hätte ansprechen müssen. Es wäre bestimmt lang geworden, und ich hätte nicht die richtigen Worte gefunden. Mir fällt nie etwas Brauchbares ein.

Jedenfalls beginnt es mit »vor langer langer Zeit« und endet mit »eine traurige Geschichte, findest du nicht?«.

Vor langer langer Zeit waren einmal ein Junge und ein Mädchen, der Junge war achtzehn, das Mädchen sechzehn Jahre alt. Der Junge sieht nicht besonders gut aus, und auch das Mädchen ist nicht besonders hübsch. Ein einsamer und gewöhnlicher Junge und ein einsames und gewöhnliches Mädchen, wie man sie überall findet. Doch glauben sie fest daran, daß es irgendwo auf dieser Welt ein Mädchen oder einen Jungen gibt, der 100%ig zu ihnen paßt. Ja, sie glaubten an ein Wunder. Und dieses Wunder geschah.

Eines Tages begegnen sich die beiden zufällig an einer Straßenecke.

»Unglaublich«, sagt der Junge zu dem Mädchen, »ich habe

dich schon die ganze Zeit gesucht! Ob du's glaubst oder nicht, du bist für mich das 100%ige Mädchen.«

Und das Mädchen erwidert: »Und du bist für mich der 100%ige Junge. Genau wie ich ihn mir vorgestellt habe. Es ist wie im Traum.«

Die beiden setzen sich auf eine Parkbank, halten sich an den Händen und reden in einem fort, ohne daß ihnen langweilig wird. Sie sind nicht mehr einsam. Sie haben ihren 100%igen Partner gefunden und sind von ihm gefunden worden. Seinen 100%igen Partner zu finden und von ihm gefunden zu werden, ist etwas ganz Außerordentliches. Ein Wunder des Kosmos.

Aber ihre Herzen durchfährt ein kleiner, ganz kleiner Zweifel. Durfte ihr Traum so einfach in Erfüllung gehen?

Als das Gespräch einmal abbricht, sagt der Junge:

»Wir wollen uns nur einmal noch auf die Probe stellen. Wenn wir wirklich 100%ig füreinander geschaffen sind, werden wir uns bestimmt irgendwann irgendwo wiederbegegnen. Beim nächsten Mal wissen wir, daß wir 100%ig füreinander bestimmt sind, und wollen sofort heiraten. Einverstanden?«

»Einverstanden«, antwortet das Mädchen.

Und so trennten sie sich. Nach Westen und nach Osten. Doch es war in Wirklichkeit vollkommen unnötig, das Schicksal auf die Probe zu stellen. Sie hätten es nicht tun dürfen. Sie waren wirklich 100%ig füreinander bestimmt. Ihre Liebe war ein Wunder. Da sie aber noch zu jung waren, konnten sie es nicht wissen. Und so wurden sie von der immerwährenden, unbarmherzigen Welle des Schicksals fortgerissen.

Eines Tages im Winter erkrankten beide an einer in jenem Jahr grassierenden schweren Grippe. Wochenlang schwebten sie zwischen Leben und Tod, und als sie wieder genesen waren, war ihr Gedächtnis an ihr früheres Leben ausgelöscht. Wie soll ich es sagen, als sie wieder aufwachten, waren ihre Köpfe so leergefegt wie die Spardose des jungen D. H. Lawrence.

Aber da er ein intelligenter und ausdauernder Junge und sie ein intelligentes und ausdauerndes Mädchen war, scheuten sie keine Mühe, erwarben von neuem Bewußtsein und Gefühle und kehrten erfolgreich in die Gesellschaft zurück. Ja, bei Gott, sie waren richtig ordentliche Bürger. Sie wußten, wie man in der U-Bahn korrekt umsteigt und wie man bei der Post einen Eilbrief aufgibt.

Sie liebten auch, mal 75 %, mal 85 %.

Der Junge war zweiunddreißig, das Mädchen war dreißig geworden. Die Zeit war im Fluge vergangen.

Und eines schönen Morgens im April geht der Junge von Westen nach Osten durch eine kleine Seitenstraße in Harajuku, um einen Kaffee zu trinken, und das Mädchen geht, um Briefmarken für einen Eilbrief zu kaufen, die gleiche Straße von Osten nach Westen. In der Mitte der Straße kommen sie aneinander vorbei. Für einen Moment blitzt der schwache Schein verlorener Erinnerung in ihren Herzen auf. Es dröhnt in ihrer Brust. Und sie wissen.

Sie ist für mich das 100%ige Mädchen.

Er ist für mich der 100%ige Junge.

Aber der Schein ihrer Erinnerung ist zu schwach, ihre Sprache besitzt nicht mehr die Klarheit wie vor vierzehn Jahren. Beide gehen, ohne ein Wort zu sagen, aneinander vorbei und verschwinden in der Menge. Auf immer.

Eine traurige Geschichte, findest du nicht?

Ich weiß, so hätte ich sie ansprechen müssen.

Der unerklärliche Meister Lampe

Hartmut Schickert

Die Sophisten und die Pfaffen
Stritten sich mit viel Geschrei:
Was hat Gott zuerst erschaffen,
Wohl die Henne? wohl das Ei?
Wäre das so schwer zu lösen?
Erstlich ward ein Ei erdacht:
Doch weil noch kein Huhn gewesen,
Schatz, so hat's der Has' gebracht.

Eduard Mörike: Auf ein Ei geschrieben

Ostern: ein Frühlingsfest, das sowohl *nach* dem kalendarischen als auch *nach* dem astronomischen Frühlingsanfang gefeiert wird! Ein Fest mit eierlegenden Säugetieren, genauer: Leporidae! Nach vier Wochen Proteinmangel-Diät widersinnige cholesterinspiegeltreibende Eierfreßorgien! Ein am Kreuz zu Tode Gekommener, der wiederaufersteht! Zwanghaftes Aufsuchen von freier Natur, ungeachtet der real herrschenden Witterungsbedingungen! Wahrlich, Ostern und Wissenschaft sind nicht leicht auf einen Nenner zu bringen …

Besonders verblüffend ist, daß in der deutschsprachigen Literatur selbst noch in jüngster Zeit immer mal wieder versucht wird, die Tatsache, daß Ostern im Frühjahr gefeiert wird, mit älteren germanischen oder sonstwie nordischen Frühlingsfesten zu begründen: »Die Auferstehung der schlafenden, erstarrten Natur aus der klirrenden Kälte des Winters« zu feiern galt Elke Gottschalk noch 1995 als Kern des Osterfestes. Gewiß, solche Feiern gab es, aber der Oster*termin* hat weder etwas damit zu tun, noch wurde er an einem Ort festgelegt, wo von klirrender Winterkälte die Rede sein kann.

Im Gegensatz zu Weihnachten brauchte man dafür keine

komplizierten Berechnungen der Jahreszeit, denn alle vier Evangelien nennen für die Kreuzigung Jesu denselben Termin: den 14. Nisan, den ersten Tag des jüdischen Passahfests (das erst am Abend dieses Tages beginnt). Der Nisan ist der erste Monat des hebräischen Lunarkalenders, und er fängt mit dem Neumond an, der der Tagundnachtgleiche des Frühlings am nächsten liegt. Diese Orientierung an den Mondphasen hat zur Folge, daß Passah ein bewegliches Fest und der 14. Nisan zudem keinem bestimmten Wochentag zugeordnet ist. Für die Kreuzigung ist dieser allerdings bekannt: der Tag vor dem Sabbat, also ein Freitag (mögliche Daten sind deshalb der 7. 4. 30, der 3. 4. 33 und auch der 27. 4. 31). Daß das christliche Osterfest in Verbindung mit dem jüdischen Passahfest zu begehen war und rein gar nichts mit irgendwelchen germanischen Frühlingsfeiern zu tun hat, war somit nie eine Frage (außer eben in der erwähnten deutschen Literatur).

Umstritten war allerdings schon bald, wie eng Ostern mit dem Passahfest verknüpft werden sollte. Während die Christen in Syrien und Kleinasien Ostern am Tag des Passahfests feierten, verlegten es die römischen Christen auf den Sonntag danach. Bereits um 195 fanden mehrere Synoden zum Thema statt, doch eine Einigung wurde nicht erzielt. Vollends kompliziert wurde die Datumsfrage mit dem Konzil von Nicaea (oder Nikaia, dem heutigen Iznik am gleichnamigen See südöstlich von Istanbul) im Jahr 325, das eigentlich eine Vereinfachung der Terminierung und eine gemeinsame Feier in Ost und West zum Ziel hatte.

Mittlerweile war es kirchliches Gebot, daß Ostern *nicht* mit dem Tag des Passahfests zusammenfallen durfte. Um das zu gewährleisten, wurde der Sonntag *nach* dem ersten Frühlingsvollmond bestimmt und der Frühlingsbeginn, der Termin der Tagundnachtgleiche, auf den 21. März festgelegt. Eine sinnvolle und einfache Lösung, bei der Ostern auf einen Sonntag zwischen dem 22. März und dem 25. April fallen konnte. Doch genau damit begannen die Probleme, denn es mußten drei

Zyklen in Einklang gebracht werden, die nichts miteinander zu tun haben: die Woche, der Mondmonat und das Sonnenjahr. Sogenannte Berechner stellten komplizierte Tabellen auf, die von einem durchschnittlichen Zeitabstand zwischen zwei Vollmonden ausgingen und somit immer auch Streitigkeiten provozierten, weil sie Abweichungen um bis zu drei Tage zur Folge hatten. So lagen beispielsweise 387 zwischen dem für das ägyptische Alexandria festgestellten Termin und dem in Frankreich 35 Tage, und im 7. Jahrhundert tobte ein heftiger Streit zwischen Rom und den britischen und keltischen Kirchen um das Osterdatum.

Auch die Gregorianische Kalenderreform 1582 änderte daran nichts. Im Gegenteil, da diese Reform vom Papst ausging, wurde sie nur in römisch-katholischen Gebieten sofort übernommen. In den evangelischen Gebieten Deutschlands wurde 1699 eine verbesserte Variante verbindlich. Das hatte zur Folge, daß 1744 die evangelischen Christen Ostern am 29. März, die Katholiken aber erst am 5. April feierten. Im Hohenlohischen wollten die Landesherren den katholischen Termin auch bei ihren protestantischen Untertanen durchsetzen. Es kam zu einem erbitterten Streit, der erst sechs Jahre später mit dem Einmarsch preußischen Militärs beendet wurde.

Im 21. Jahrhundert mit seinen naturwissenschaftlichen Meßmethoden und seiner rapide voranschreitenden Globalisierung sollten solche Terminstreitigkeiten eigentlich der Vergangenheit angehören. Doch auch wenn sie nicht mehr mit Waffengewalt ausgetragen werden, verschwunden sind sie nicht. In den orthodoxen Kirchen, wo Ostern eine wesentlich größere Bedeutung hat (und viel wichtiger als Weihnachten ist), wird das Datum nach wie vor nach anderen, in sich wiederum differierenden Kriterien berechnet. Und so kommt man Jahr für Jahr zu unterschiedlichen Ergebnissen. Ostertermine, die bis zu fünf Wochen auseinander liegen, sind eher die Regel als Jahre, in denen Ostern auf einen Tag fällt.

Alle Einigungsversuche scheiterten bislang am Traditionsbewußtsein orthodoxer Kirchen. Bereits 1928 hatte das britische Parlament für einen Ostertermin am Sonntag nach dem zweiten Aprilsamstag votiert. 1965 wurde der Vorschlag vom Ökumenischen Rat übernommen, nachdem das Zweite Vatikanische Konzil erklärt hatte, sich einer einstimmig beschlossenen Regelung anzuschließen. Als Stichjahr wurde 1977 vorgesehen, weil dies eines der Jahre war, in denen alle Berechnungsmethoden denselben Tag ergaben. Doch die geforderte Einstimmigkeit kam nicht zustande. Der Vorschlag war wohl einfach zu pragmatisch und simpel umzusetzen – und deshalb vor allem mit dem Makel behaftet, das liebgewonnene Streitpotential nicht mehr zu beinhalten. Einem neueren Vorstoß des Weltkirchenrats, Jerusalem als Ort festzulegen, von dem aus das Osterdatum mit modernsten astronomischen Berechnungen für alle bestimmt werden sollte, war genausowenig Erfolg beschieden. Es wird weiterhin getrennt und nur gelegentlich zusammen gefeiert.

Vielleicht sind die Osterhasen ganz froh über diese Terminstreitigkeiten, können sie doch so den saisonalen Arbeitsanfall über mehrere Wochen verteilen, statt ihn international (wegen der Salmonellengefahr) auf die kurze Haltbarkeitsfrist gekochter Eier konzentrieren zu müssen.

Ihre biologischen Vorbilder jedoch kümmert das alles nicht, sie haben andere Sorgen. *Lepus capensis L.,* der Feldhase aus der Familie Leporidae, Hasenartige, kämpft um den Erhalt seines Bestands. Und das trotz seiner gut entwickelten Fruchtbarkeit: drei bis vier Würfe sind pro Jahr möglich, nach einer Tragzeit von sechs Wochen bringt die Häsin ein bis sechs, meist zwei bis vier Junge zur Welt. Sie sind behaart, können gleich sehen und alsbald laufen (»Nestflüchter«); nach drei bis vier Wochen sind sie schon selbständig, nach einem Jahr geschlechtsreif, und der Zyklus kann erneut beginnen. Ihre biologische Lebenserwartung beträgt zwölf Jahre.

Wenn da nicht das Problem wäre, daß ihre Lebensweise mit der durchindustrialisierten Landwirtschaft und dem privaten

Personen-Nah- wie Fernverkehr in Konflikt geraten würde. Hasen ducken sich nur in eine Erdkuhle, ihre Sasse, und vertrauen auf ihre Tarnfarbe sowie ihr regungsloses Stillhalten; Motorpflüge und Mähdrescher aber waren in ihrer Evolution nicht vorgesehen. Ergreifen sie doch einmal die Flucht, erreichen sie hakenschlagend eine Geschwindigkeit, mit der sie spielend jedem Fuchs davonlaufen (bis 80 km/h); für einen Porsche aber ist das viel zu langsam (280 bis 350 km/h). Hasen ernähren sich von einer Vielzahl von Gräsern, Kräutern, Feldfrüchten, Wurzeln und Beeren; aus unseren landwirtschaftlichen Monokulturen ist diese Vielfalt aber verschwunden, »Unkraut«-vernichtungsmittel haben den Hasen den Speiseplan arg zusammengestrichen. Verschwunden sind auch die Feldraine und Hecken, die theoretisch den Hasen noch ein bißchen Deckung vor den Agrarmaschinen bieten könnten.

In den letzten vier Jahrzehnten hat sich die Zahl der Hasen in Deutschland auf die Hälfte verringert, und die statistische Lebenserwartung ist auf unter ein (!) Jahr gesunken. Mittlerweile steht der Feldhase in mehreren Bundesländern daher auf der Roten Liste gefährdeter Spezies. Doch es gibt einen Silberstreif am Horizont: Meister Lampe erobert sich neue Reviere in ungewohnter Umgebung. So ist das Zentrum der baden-württembergischen Landeshauptstadt zur deutschen Hasenmetropole geworden. Statt wie sonst im Bundesdurchschnitt bestenfalls 14 Feldhasen pro Quadratkilometer, tummeln sich im Stuttgarter Schloßgarten auf 100 Hektar gut 150 Hasen und Häsinnen (Tendenz steigend) und genießen die mähdrescherfreie Zone mit den zahlreichen Kräuter- und Gräserarten in der Nähe des Tierparks.

Doch wenn wir anderswo heute beim Osterspaziergang am Feldrand etwas Langohriges hoppeln oder in einer Wiese mümmeln sehen, dann sind es in den seltensten Fällen Hasen, sondern meist Wildkaninchen (*Oryctolagus cuniculus L.*, ebenfalls Familie Leporidae). Sie sind kleiner und haben kürzere Ohren: Beim Hasen reichen die Löffel, nach vorn geklappt, über die

Schnauzenspitze hinaus, beim Kaninchen noch nicht einmal bis dahin (die Überprüfung ist in freier Wildbahn allerdings schwierig, da Kaninchen die Ohren grundsätzlich aufgestellt halten).

Kaninchen haben es heute auch nicht gerade leicht, kommen aber dank ihrer noch größeren, eben karnickelmäßigen Vermehrungsrate und ihrer anderen Lebensweise etwas besser weg. Vier bis sieben Würfe sind je nach Klima pro Jahr möglich; die Tragzeit beträgt nur 28 bis 31 Tage, die Wurfgröße fünf bis fünfzehn Junge, die ihrerseits schon nach drei bis vier Monaten geschlechtsreif sind (womit sie als ausgesprochen frühreif gelten dürfen, denn voll ausgewachsen sind sie erst mit acht bis zehn Monaten). Sie ernähren sich ähnlich wie Hasen, leben jedoch in größeren Gruppen zusammen, so daß sie sich im Gegensatz zu ihren einzelgängerischen Vettern gegenseitig warnen können. Vor allem aber hausen sie (und hüten ihre blind, taub und nackt geborenen »Nesthocker«) in weitverzweigten unterirdischen Gangsystemen, die bis zweieinhalb Meter tief reichen. Dahin kann ihnen zwar ein Marder oder Iltis folgen, aber kein Traktor und kein Mähdrescher. Außerdem haben sie es verstanden, sich in unserer vernutzten Landschaft Nischen zu erobern, in die sich ihre natürlichen Feinde (so es sie denn außer Füchsen und streunenden Haushunden überhaupt noch gibt) nicht hineintrauen (siehe *Kaninchendiät am Weinsberger Kreuz*).

Hasen und Kaninchen können sich übrigens nicht kreuzen. Die einzige Ausnahme von dieser Regel bildet die deutsche Umgangssprache: »Stallhasen« nennt der Volksmund die domestizierte Form des Wildkaninchens, das dank Zucht deutlich größere und schwerere Hauskaninchen. Davon zu unterscheiden ist wiederum der »Dachhase« (kein Witz): So nannte der Volksmund eine in Notzeiten als Kaninchenbraten camouflierte Katze (*Felis domestica* aus der Familie Felidae, Katzenartige).

Warum nun aber ausgerechnet Oster*hasen*? Wenn denn schon das Ei das österliche Fruchtbarkeitssymbol schlechthin ist, warum dann nicht ein Oster*huhn*? Nur weil der Hase – oder besser das Kaninchen – ebenfalls ein Fruchtbarkeitssymbol ist? Forschen wir nach.

In der Mythologie hat der Hase eine lange Geschichte. Schon bei den Ägyptern nimmt er eine besondere Rolle ein. Ihnen galt wohl, wenn man die Hieroglyphe und den Lautwert für »Hase« miteinander vergleicht, der Hase als Sinnbild des Laufens schlechthin. Außerdem verehrten sie in Hermopolis eine Hasengöttin namens Unut, die allerdings bald vom Mond- und Wissenschaftsgott Thot abgelöst wurde, obwohl sie noch durch Verwandlung in eine Löwin ihre Macht zu stärken versucht hatte. (Auch hier finden wir eine seltsame, wenn auch nichtkulinarische Querverbindung zwischen Leporidae und Felidae, der wir aber besser nicht weiter nachgehen.)

Bei den Hethitern begegnet uns der Hase auch, und zwar in Zusammenhang mit der geheimnisvollen Kubaba, die möglicherweise – die Wissenschaftler sind sich nicht einig – eine Vorläuferin oder Parallelgestalt der bekannten Muttergottheit Kybele ist: Eine Kalksteingußform aus Bogazköy vom Anfang des 2. Jahrtausends v. u. Z. zeigt die nackte, dolchbewehrte Göttin, die einen Hasen und noch ein weiteres, nicht identifiziertes Tier in den Händen hält (ein sogenanntes UFO, Unbekanntes Fell-Objekt).

Am anderen Ende der Alten Welt verehrten die Finnen – allerdings ein paar Jahrtausende später – in ihrem Volksaberglauben einen Gott namens Hittavainen oder Huittavainen, der die »Hasen aus dem Gebüsch bringt«, also den Jägern zutreibt. Mythologen haben jedoch herausgefunden, daß es sich in diesem Fall um einen bis zur Unkenntlichkeit verstümmelten christlichen Import in die Volksmythologie handelt: Bei dem finnischen »Volksgott« soll es sich um den aus dem Bistum Bremen nach Finnland gelangten heiligen Vitus oder Veit (einen der vierzehn Nothelfer) oder um den heiligen Hubertus (Schutzpatron der Jäger) handeln.

Darüber hinaus kennen die Finnen noch ein mythisches (und ziemlich unmoralisches) Wesen namens Para. Seine Inkarnation bastelte man sich in der Sauna unter Beschwörungsformeln aus einem gestohlenen Garnknäuel, Spindeln und Rinde, und dann wurde der Para losgeschickt, um in Form einer Katze oder eines Hasen (schon wieder!) oder in anderer Tiergestalt beim Nachbarn Milch, Getreide oder Geld zu stehlen. In Karelien, Savo und im Ingermanland kannte man schließlich noch einen Vegetationsgott namens Sämpsa, der im Frühjahr unter anderem von Wolf und Hase geweckt wurde.

Die Sämpsa-Verehrung weist nach Auskunft des Mythologen Martti Haavio einige Parallelen zum griechischen Dionysos-Kult auf, und tatsächlich begegnen wir dem Hasen auch in Hellas – allerdings in Zusammenhang mit der Jagdgöttin Artemis; anderen Quellen zufolge soll der Hase Aphrodite, der Liebesgöttin, geweiht gewesen sein, zu deren Aufgaben es unter anderem gehörte, im Frühjahr die Tiere zu wecken, auf daß sie – jawohl, genau das.

Mythos und Logik sind leider unvereinbare Gegensätze, und eine eindeutige Traditionslinie zwischen unserem modernen Osterhasen und seinen mythischen Vettern ist – genau wie bei Ostern und älteren Frühlingsfesten – nicht herzustellen. Vielmehr scheint es sich um eine reichlich moderne Erfindung zu handeln: Erstmals taucht der Osterhase in der zweiten Hälfte des 17. Jahrhunderts an Saar, Neckar und Oberrhein auf; im 19. Jahrhundert ist er in vielen Teilen Deutschlands, etwa im Harz und im Braunschweigischen, noch unbekannt, und an Rur und Maas hatte man bis 1906 noch nichts von ihm gehört. Trotz seiner sprichwörtlichen Fruchtbarkeit liegt seine Ausbreitungsgeschwindigkeit also erheblich unter der des Weihnachtsmanns, der sich in nur gut 100 Jahren die ganze Welt eroberte. Immerhin haben somit der weihnachtliche und der österliche Gabenbringer anscheinend etwas gemeinsam: Im Zuge einer zunehmenden Säkularisierung der bürgerlichen Gesellschaft und damit ihrer Feste ersetzen sie die früheren, eindeutig religiös besetzten Vorgänger des Christkinds und des »Lamm Gottes«.

Eine ziemlich vernünftig klingende Erklärung, warum nun

ausgerechnet dem Langohr diese Ehre zuteil wurde, bietet unter anderem der Brockhaus: Einst gab es das Privileg, zu Ostern Hasen jagen zu dürfen, und so sei Meister Lampe zum Ostersymbol geworden.

Auch nicht unplausibel klingt die folgende Erklärung: Das Verhalten des Rammlers im März (zur Paarungszeit mithin) galt früher als Inbegriff der Verrücktheit; der Volksmund sprach bei irrwitzigem Verhalten regelrecht von »Haserei«, und so seien zunächst die »verrückten«, weil bunten Eier als »Haseneier« bezeichnet worden, woraus später dann der Kinderglaube entstand, ein Hase würde diese Eier legen und verstecken.

Ebenfalls einleuchtend – und vor allem amüsant – scheint mir jedoch die Hypothese von Hugo Hepding: Es handele sich schlicht um eine Umformung des christlichen Symbols des Osterlamms durch ungeschickte Bäcker und unberechenbar quellenden Hefeteig in ein schwer definierbares »Gebildbrot«, das dann als Hase gedeutet wurde!

Wenigstens *etwas* eindeutiger scheint da doch die Sache mit dem Ei zu sein. Schließlich ist das Ei Ursprung und Symbol allen Lebens schlechthin. In diversen Schöpfungsmythen ist sogar die ganze Welt aus einem einzigen Ei entstanden.

Evolutionsbiologisch ist die Vermehrung mittels Eiern, die außerhalb des Körpers der Vollendung entgegenreifen, viel älter als unser Verfahren, das der Säugetiere. Fische und Insekten machten das schon lange vor den ebenfalls eierlegenden Reptilien so, die dann als Dinosaurier für etliche Äonen die Welt beherrschten; und von diesen Echsen stammen wiederum die Vögel ab, deren Eier wir heute (ja, Hermann Feuersee, ich weiß: abgesehen vom Kaviar) so gern verspeisen. Evolutionsbiologen kalauern denn auch gern: Die Dinosaurier sind gar nicht ausgestorben, wir nennen sie heute bloß »Vögel«.

Eier sind eine Lieblingsspeise von zahlreichen Carni- und Omnivoren (Fleisch- und Allesfressern), sofern sie noch nicht – wie der *Homo sapiens* – von den Gefahren des hohen Cholesteringehalts im Eigelb gehört haben. Vor allem kleine Raubtiere wie Marder und Iltis laben sich gern daran, aber auch Hunde und Katzen verschmähen sie nicht. Kein Wunder: Was dem werdenden Leben an konzentrierter Protein-, Fett-, Vitamin- und Mineraliennahrung mit auf den Weg gegeben wird, ist auch für ausgewachsene Tiere ein ausgezeichnetes Kraftfutter. Schon ein kleines Hühnerei der Gewichtsklasse 4 hat 84 kcal und enthält 6,7 g Protein, 6,2 g Fett, 0,3 g verwertbare Kohlehydrate, keinerlei Ballaststoffe, die Mineralien Natrium, Kalium, Calcium, Phosphor, Magnesium, Eisen und die Vitamine A, B_1, B_2, B_6, E und, in Spuren, C.

Das müssen auch schon unsere Vorfahren geahnt haben, denn in so gut wie allen Kulturen war das Ei nicht nur als Symbol, sondern auch als konkretes Lebensmittel hoch geschätzt. Eine gewisse Ausnahme stellten allerdings die Ägypter dar; sie kannten vor dem Neuen Reich (ab circa 1550 v. u. Z.) die »erstaunlichen Vögel, die jeden Tag Eier legen« (mithin Hühner) nicht, doch sie spendierten in Unmengen Straußen-, Pelikan-, Gänse- und Enteneier – realiter oder bloß gemalt – in Stapeln, Krügen und sogar wie Mumien umwickelt als Grabbeigaben; trotzdem zeigen ihre das Alltagsleben porträtierenden Wandmalereien nie Menschen beim Verzehr von Eiern, und für ihre Priester waren Eier explizit tabu. Die Ägyptologin Maria Carmela Betrò führt das zumindest in bezug auf die Straußeneier darauf zurück, daß diese auf dem langen Transportweg von Afrika her mit Leichtigkeit ihr Haltbarkeitsdatum überschritten.

Die Sitte, Eier zu verschenken, war schon früh vom Vorderen Orient bis nach Japan verbreitet. In Persien beispielsweise wurde das Neujahrsfest mit roten Eiern gefeiert; sie trugen also die Farbe des Blutes und damit des Lebens – doppelt genäht hält besser. Über antike Traditionslinien gelangte das Ei als Symbol schließlich ins frühe Christentum; rote Ostereier tauchten zuerst in der griechisch-orthodoxen Kirche auf. Im 2. Jahrhundert wurde dann theologisch das Aufbrechen des Eis als Metapher für das Öffnen des Grabes Jesu angesehen.

Daß sich das Ei bei uns gerade als Ostersymbol hat etablieren können, mag noch andere Gründe haben: Da der Verzehr von Eiern in der Fastenzeit verboten war, hatte sich – die Hühner begannen um diese Zeit wieder fleißig zu legen – ein hübscher Vorrat angesammelt. Das war auch für die Bauern günstig, die am Gründonnerstag ihren Antlaß (von Erlassen, Ablaß) entrichten, das heißt, ihren Zins in Form von Naturalien, nicht zuletzt Eiern, zahlen mußten (dazu gehörten hier und da übrigens auch Hasen). Das zuletzt gelegte Ei wurde rot gefärbt. Seither hießen die am Gründonnerstag und Karfreitag gelegten Eier »Antlaßeier«; ihnen wurden besondere magische Kräfte, vor allem der Schutz vor Krankheiten, nachgesagt.

Im Mittelalter war es zudem Brauch, an Ostern, also nach Ende der Fastenzeit, die Speisen segnen zu lassen, und erstmals ist aus dem 9. Jahrhundert belegt, daß bei dieser Speisenweihe auch Eier mit dabei waren.

So blieb es lange Zeit. Erst aus dem 17. Jahrhundert stammen die frühesten Belege, daß Eier im Freien versteckt wurden. Jetzt trugen sie auch andere Farben, waren aufwendig bemalt und zum Teil auch beschriftet. Letzteres hatten offensichtlich die Muslime erfunden: Der Imam schrieb die 112. Sure des Korans (sie handelt vom ewigen Gott, der nicht zeugt) auf ein Ei, teilte es und gab es frischvermählten und kinderlosen Ehepaaren zu essen.

Seinen Siegeszug trat das Osterei dann, glaubt man dem Bericht des bayerischen Pfarrers Andreas Stroblin, im 18. Jahrhundert an: Er staunte über die Mengen von Eiern, die zur Weihe in die Kirche getragen wurden, und wunderte sich, daß man schlicht überall von nichts anderem sprach und sich im Färben, Schmücken und Bemalen regelrecht zu übertrumpfen versuchte. Eine wahre Ovomanie brach aus, die auch vor Zarenhöfen (siehe *Das 30-Millionen-Dollar-Ei*) und vor allem Bürgerstuben nicht haltmachte.

Mit der Querverbindung zum säkularen Osterhasen (siehe oben) wurde das Osterei schließlich wieder verweltlicht, und daran war wohl auch der Siegeszug der Schokolade im 19. Jahrhundert nicht unschuldig: Schweizer Konditoren hatten Mittel und Wege gefunden, das bis dahin überwiegend als Getränk genossene braune Lebenselixier in jede beliebige feste Form zu gießen. Marzipan-, Zucker- und Likörеier kamen hinzu, und seine bis dato letzte Pervertierung erfuhr das vieltausendjährige Lebenssymbol als ganzjährig käufliche Schokoladenhülle für nahezu wertlose Plastikfigürchen – für die, wenn sie selten genug sind, fanatische Sammler zig bis Hunderte von Euro zu zahlen bereit sind.

Wen es angesichts solcher Modernismen schaudert, der tröste sich mit einer besonderen Spielart des Eiersuchens, die aus Estland überliefert ist: Dort gingen zu Ostern die Liebespaare in den Wald, um Eier von Wildvögeln zu suchen. Außer Frage steht wohl, ob die lange Tradition dieser Sitte auf einen anhaltenden Nahrungsmittelmangel zurückzuführen ist oder auf die willkommene Gelegenheit, sich nach dem langen Winter offiziell mit der beziehungsweise dem Geliebten für ein paar Stunden in die Büsche verdrücken zu dürfen.

Der Hase und der Fuchs

Ludwig Bechstein

Ein Hase und ein Fuchs reisten beide mit einander. Es war Winterszeit, es grünte kein Kraut, und auf dem Felde kroch weder Maus noch Laus. »Das ist ein hungriges Wetter«, sprach der Fuchs zum Hasen, »mir schnurren alle Gedärme zusammen.« – »Ja wohl«, antwortete der Hase. »Es ist überall Dürrhof, und ich möchte meine eignen Löffel fressen, wenn ich damit ins Maul langen könnte.«

So hungrig trabten sie mit einander fort. Da sahen sie von weitem ein Bauernmädchen kommen, das trug einen Handkorb, und aus dem Korb kam dem Fuchs und dem Hasen ein angenehmer Geruch entgegen, der Geruch von frischen Semmeln. »Weißt Du was!« sprach der Fuchs. »Lege Dich hin der Länge nach, und stelle Dich todt. Das Mädchen wird seinen Korb hinstellen und Dich aufheben wollen, um Deinen armen Balg zu gewinnen, denn Hasenbälge geben Handschuhe; derweilen erwische ich den Semmelkorb, uns zum Troste.«

Der Hase that nach des Fuchsen Rath, fiel hin und stellte sich todt, und der Fuchs duckte sich hinter eine Windwehe von Schnee. Das Mädchen kam, sah den frischen Hasen, der alle Viere von sich streckte, stellte richtig ihren Korb hin und bückte sich nach dem Hasen. Jetzt wischte der Fuchs hervor, erschnappte den Korb und strich damit querfeldein, gleich war der Hase lebendig und folgte eilend seinem Begleiter. Dieser aber stand gar nicht still, und machte keine Miene, die Semmeln zu theilen, sondern ließ merken, daß er sie allein fressen wollte. Das vermerkte der Hase sehr übel. Als sie nun in die Nähe eines kleinen Weihers kamen, sprach der Hase zum Fuchs: »Wie wäre es, wenn wir uns eine Mahlzeit Fische verschafften? Wir haben dann Fische und Weißbrod, wie die großen Herren! Hänge Deinen Schwanz ein wenig ins Wasser, so werden die Fische, die jetzt auch nicht viel zu beißen haben, sich daran hängen. Eile aber, ehe der Weiher zufriert.«

Das leuchtete dem Fuchs ein, er ging hin an den Weiher, der eben zufrieren wollte, und hing seinen Schwanz hinein, und eine kleine Weile, so war der Schwanz des Fuchses fest angefroren. Da nahm der Hase den Semmelkorb, fraß die Semmeln vor des Fuchses Augen ganz gemächlich, eine nach der andern, und sagte zum Fuchs: »Warte nur, bis es aufthaut, warte nur bis ins Frühjahr, warte nur bis es aufthaut!« und lief davon, und der Fuchs bellte ihm nach, wie ein böser Hund an der Kette.

Der Telegrafenbeamte

Emil Steinberger

Der Telegrafenbeamte sitzt am Tisch und versucht, ein Kreuzworträtsel zu lösen. Links steht ein Telefon.

Also, vier senkrecht – Grautier – das hat vier Buchstaben und fängt mit einem E an, dann fehlt einer und dann geht's mit EL weiter. Ein Grautier mit EEL – EGEL – EGEL – EGEL? IGEL? IGEL? – ah das ist eher ein I, ja, aber dann stimmt es ja aber waagrecht nicht mehr.

Die Hühner tun es – LEGEN – ja, dann gibt es aber senkrecht genau gleichwohl wieder EGEL – das ist doch kein Tier das – EGEL – das ist jetzt ein dummes Kreuzworträtsel das.

Ja und dann sechs waagrecht hieße es ja dann OG, OG… OGTERN – OG… OG… OGTERN – was ist denn das wieder? OGTERN »kirchlicher Feiertag« – hab ich noch nie gehört das. Gibt es ächt noch einen andern Feiertag mit einem G drin? WEIH-NACH-TEN – nein, das hat keinen G – … PFINGSTEN, PFINGSTEN, PFINGSTEN – PFING-NG-NG … das könnte einen G haben – ja, dann wäre aber das O wieder falsch – woher kommt denn dieses O her?

»Kirchliches Instrument« – ORGEL – ja, aber wenn es jetzt PFINGSTEN heißen würde, dann hieße es ja dann statt ORGEL »PRGL« – und beim kirchlichen Feiertag PG… PG… PGTERN –

trr – trr –

Ja, ja, ja PRGL – PGTERN –

trrr … trr …

Ja Telegrafenamt. Wie? Nein, wir haben hier nur eine Überlastung gehabt. PRGL – PG PG PGTERN – wie, was meinen Sie was? Nein, ich habe hier nur noch rasch ein indisches Telegramm durchgegeben.

Also, immer zuerst gerade den Namen angeben – wie ist der

Name? Keller – mit CK? Ah, normal, ah das sagt man gleich am Anfang oder? – Ja und nachher, was kommt nachher?

»Bitte Ziegel an Bianco zum doppelten Tarif«. Ist in Ordnung, wir wollen das sofort notieren he: bitte Ziegel an Bianco – au – jetzt ist mir noch der Spitz abgebrochen, ja das ist jetzt noch's Beste das. Hab' doch noch irgendwo ein zweites Bleistift gehabt.

Ja, hören Sie, überlegen Sie sich das Ganze noch einmal, he, wie? Ah, das ist definitiv – eh ja, das kann ich ja nicht wissen.

Also, wohin gehen die Ziegel? »An Tegula AG in Lissabonn« – ist in Ordnung – Wir machen, daß das alles nach oben kommt. Ja, auf Wiederhören ...

Ausgerechnet Lissabonn, Lissabonn, wo ist jetzt auch noch dieses Lissabonn? Es muß irgendwie ein Vorort sein von Bonn. – So jetzt muß ich hier ein Messerli holen, damit ich das Bleistift –

trrr ... trrr ... wo ist jetzt das Messerli – ich habe doch da ein Messerli gehabt, ich habe doch da immer ein Messerli hier gehabt.

Trrr ... Ja, ja. – Telegrafenamt – Herr, Herr Messerli? – Ja, Sie hab' ich soeben gesucht, Sie. Ja – was ist, was?

Was? Ein Telegramm? Also geben Sie's an.

»Herrn Zrotz, Berghaus Pragel« – PRGEL? – Nein, ich wollte nur rasch sehen, ob etwa am Pragelpaß eine Lawine hinuntergekommen ist.

Ja, und nachher, was kommt nachher? »Fünfzig Jahre stark und froh, Herbert mach nur weiter so!«

Ist in Ordnung, das werden wir alles so durchgeben. Auf Wiederhören Herr Messerli.

So, jetzt müssen wir's aufschreiben, sonst nachher – trrr – trrr – Ja, jetzt kommt schon wieder eins – zuerst muß ich das doch aufschreiben – sonst nachher –

Trrr ... trrr ... so, ja wahrscheinlich, ausgerechnet noch ein ... Ja, Telegrafenamt. – Herr Iseli? Was ist? Ein Telegramm? Wohin? Nach New York – bei diesem Wetter?

Nein, ich mache nicht Spaß, aber ich kann's nicht selber bringen, he – also, geben Sie's an.

»Herrn Hanspeter Iseli, Quarkey-Street, New York«. In Ordnung, ja, was? Buchstabieren?

Q wie Quark – A wie Angst – R wie Rückversicherungsgesellschaft – K wie Kakao – E wie Emil und am Schluß ein Ypsilon wie ein – Ypsilon.

Und nachher, was kommt nachher? »Überraschung für Mami, bitte an Ostern heimkommen.« Ist in Ordnung, wir werden das gerne so dem Hanspeter berichten, ha.

Eh, Moment, rasch, sind Sie sicher, daß er an Ostern heimkommen soll, nicht etwa an OGTERN? Ja, ja der kommt sowieso nach Hause, he. Ja, auf Wiederhören, Herr – eh Herr …

Heißen Sie eigentlich Iseli oder ISEL? Ah, Iseli – sonst hätte ich noch fragen müssen, ob er ein Grautier sei. Trrr … trrr … ja wahrscheinlich, mehr kann ich nicht im Kopf behalten.

Ja, ja Telegrafenamt. Herr Meier. Ja, hab' ich auch schon gehört. Ja, was ist was? Ein Telegramm? – Warum? Wie? Aha, aha Ihr Freund ist gestorben. Ah, sehr gut, sehr gut …

»Rudolf soeben gestorben, bitte heimkommen, Dein Schwager«. Ist in Ordnung. Muß das ein Glückwunschtelegramm sein – so mit diesen Blümchen oben durch? Ah normal.

Ja, der kann es auch so lesen. Ja, ja, das werden wir so durchgeben. Auf Wiederhören …

So jetzt, so jetzt, trrr … trrrr … das ist jetzt aber das letzte, das ich noch annehme.

Ja, Telegrafenamt – Herr Dürrenmatt – kenn ich nicht – ja halt! Bist Du etwa der von der letzten Reserveübung? Den wir in den Säulitrog geschmissen haben, he? hehehe –

Ja, ich notiere alles, ja. Wohin? »Schauspielhaus Zürich«. In Ordnung, ja und dann? »Ist die Meisel nächste Saison frei? Habe neues Stück auf Lager. Gruß Dürrenmatt.«

Ist in Ordnung, jawohl, muß das auch ein Glückwunschtelegramm sein? Nein, sonst hätten wir dann aus diesem Text einen Vers daraus gemacht.

Nein, nein, das hätten wir schon übernommen. Ja, es können ja schließlich nicht alle Leute dichten.

Ja, ah, Sie wollen es lieber in Prosa - Ausgezeichnet, dann werden wir für Sie alles so durch-eh-brosamen, he.

So, jetzt muß ich einmal alles notieren, sonst gibt es eine Katastrophe – au! – da wäre ja ein zweiter Bleistift gewesen. Natürlich am dümmsten Ort. So, was haben wir jetzt alles gehabt?

– Ja, ich glaube, ich beginne am besten von hinten. »Fünfzig Jahre stark und froh, Dürrenmatt mach weiter so«.

»Ist die Meisel noch am Lager, sende Ziegel – Gruß Dein Schwager«.

»An Regula in Lissabonn, bitte an Ostern zum doppelten Tarif«.

Ja, es war noch etwas mit dem ... Aha ja, »Überraschung für Mami, bin soeben gestorben«.

Ah, es war noch etwas, dort, das mit dem, das mit dem Quarkey, Quarkey – mmm ... ich Esel – ESEL? – vier senkrecht!

Das Osterei

Saki

Es war weiß Gott ein rechtes Ärgernis für Lady Barbara, die aus gediegen kämpferischer Familie kam und zu den mutigsten Frauen ihrer Generation zählte, daß ihr Sohn ein ausgemachter Feigling war. Welch gute Eigenschaften Lester Slaggby auch haben mochte – und ein gewisser Charme war ihm nun einmal nicht abzusprechen –, als Draufgänger hätte man ihn schwerlich bezeichnen können. Als Knäblein hatte er unter kindischer Furchtsamkeit gelitten, als Bursche unter unburschikosem Schiß, und als Heranwachsender hatte er irrationale Ängste durch andere ersetzt, die sorgsam durchdacht und fundiert waren und entsprechend mehr Gewicht hatten. Vor Tieren empfand er blanke Furcht, Schußwaffen machten ihn nervös, und bei jeder Kanalüberquerung verglich er insgeheim die Zahl der Schwimmwesten mit der Zahl der Passagiere. Zu Pferde glaubte er so viele Hände wie ein Hindugott zu brauchen, mindestens vier, um die Zügel zu umklammern, und zwei weitere, um dem Pferd besänftigend den Hals zu tätscheln. Lady Barbara gab nicht mehr vor, diese ausgeprägte Schwäche ihres Sohnes nicht zu bemerken; mit der ihr eigenen Courage stellte sie sich den Tatsachen und liebte ihn als gute Mutter gleichwohl nicht minder.

Reisen auf dem Kontinent, weitab von den ausgetretenen Touristenpfaden, waren das bevorzugte Steckenpferd von Lady Barbara, und Lester begleitete sie so oft als möglich. Die Osterzeit verbrachte sie üblicherweise in Knobaltheim, einem Gebirgsstädtchen in einem jener kleinen Fürstentümer, die die Landkarte Mitteleuropas gleich unauffälligen Sommersprossen zieren.

Ihrer langjährigen freundschaftlichen Verbundenheit mit dem Herrscherhaus war es zu verdanken, daß sie in den Augen ihres alten Freundes, des Bürgermeisters, als bedeutende Persönlichkeit galt, und er suchte sogleich ihren Rat, als der Regent seine Absicht bekanntgab, ein Sanatorium vor den Toren der Stadt höchstpersönlich zu eröffnen. All die üblichen Programmpunkte einer solchen Veranstaltung, manche albern und banal, andere drollig und originell, waren bereits vorbereitet, aber der Bürgermeister hoffte, die weltgewandte Lady werde noch die eine oder andere aparte Willkommensgeste vorschlagen können. Der Fürst war jenseits der Grenzen, wenn überhaupt, als ein altmodischer Reaktionär bekannt, der allen Fortschritt gleichsam mit dem Holzschwert bekämpfte; seine Untertanen hingegen schätzten ihn als einen freundlichen älteren Herrn mit einer gewissen warmherzigen Würde, die nichts Hochmütiges an sich hatte. Knobaltheim war bemüht, sein Bestes zu geben. Lady Barbara besprach die Angelegenheit mit Lester und ein oder zwei Bekannten in ihrem kleinen Hotel, aber die rechten Ideen wollten sich nicht einstellen.

»Darf ich Gnädiger Frau etwas vorschlagen?« fragte eine bläßliche Dame mit hohen Wangenknochen, mit der die Engländerin hin und wieder ein paar Worte gewechselt hatte und die allem Anschein nach eine Südslawin war.

»Soll ich Vorschlag machen für Feier zum Empfang?« fuhr sie mit einem gewissen scheuen Eifer fort. »Unser kleines Kind hier, unser Baby, wir ziehen ihm kleinen weißen Mantel an, mit kleinen Flügeln, wie Osterengel, und trägt sich großes weißes Osterei, und ist sich darin Korb voll Kiebitzeier, wo dem Herrn Fürst so gern mag, und gibt sich das Seiner Hoheit als Ostergeschenk. Das ist so schöne Idee; haben wir das einmal miterlebt in Steiermark.«

Lady Barbara betrachtete zweifelnd den vorgeschlagenen Osterengel, ein blondes, blöde glotzendes Kind von etwa vier Jahren. Es war ihr schon am Tag zuvor im Hotel aufgefallen, und sie hatte sich gefragt, wie solch ein strohblondes Kind zu einem so dunkelhäutigen Paar wie dieser Frau und ihrem Mann gehören konnte; wahrscheinlich ein Adoptivkind, dachte sie, zumal das Ehepaar nicht mehr jung war.

»Natürlich werden Gnädige Frau das Kind zum Fürsten hochgeleiten«, fuhr die Frau fort; »aber es wird ganz brav sein und tun, was ihm wird gesagt.«

»Wir haben lassen kommen Kiebitzeier frisch aus Wien«, sagte der Mann.

Das kleine Kind schien von dem hübschen Einfall ebensowenig begeistert zu sein wie Lady Barbara; Lester riet rundweg ab, aber als der Bürgermeister davon hörte, war er entzückt. Die Kombination von Rührseligkeit und Kiebitzeiern kam seinem teutonischen Geschmack stark entgegen.

An dem ereignisreichen Tag stand der Osterengel, der tatsächlich allerliebst und putzig gekleidet war, im Mittelpunkt des freundlichen Interesses der festlichen Versammlung, die Aufstellung genommen hatte, um Seine Hoheit zu empfangen. Die Mutter blieb bescheiden im Hintergrund und zeigte sich weit weniger aufgeregt, als die meisten Eltern es unter diesen Umständen gewesen wären, und bestand lediglich darauf, das Osterei selbst in die Arme des Kindes zu legen, dem sorgsam eingeschärft worden war, wie es die wertvolle Last zu halten hatte. Dann schritt Lady Barbara nach vorn; das Kind ging schwerfällig und mit finsterer Entschlossenheit an ihrer Seite. Man hatte ihm haufenweise Plätzchen und Süßigkeiten versprochen, wenn es das Ei artig und wohlbehalten dem freundlichen alten Herrn übergäbe, der darauf wartete, es entgegenzunehmen. Und Lester hatte versucht, ihm unter vier Augen klarzumachen, daß es eine fürchterliche Tracht Prügel zu gewärtigen habe, wenn es seinen Auftritt auch nur im mindesten verpatzte, aber es darf bezweifelt werden, ob Lesters Deutsch mehr als nur kurzfristiges Entsetzen bei dem Kind hervorgerufen hatte. Lady Barbara hatte sich in weiser Voraussicht mit einem Notvorrat an Schokoladenbonbons ausgestattet; Kinder schielen zwar auf ihren Vorteil, aber nicht auf lange Sicht. Als sie der fürstlichen Estrade näher kamen, trat Lady Barbara diskret zur Seite und das verbissen dreinblickende Kind stapfte allein voran, mit unsicherem, aber zielstrebigem Gang, ermutigt durch das zustimmende Murmeln der Menge. Lester, der in der ersten Reihe der Zuschauer stand, wandte sich um, um in der Menge nach den strahlenden Gesichtern der glücklichen Eltern zu suchen. In einer Seitenstraße, die zum Bahnhof führte, erblickte er eine Droschke; in diese Droschke drängte sich mit allen Anzeichen verstohlener Hast das dunkelhäutige Paar, das sich mit so plausiblem Eifer für den »hübschen Einfall« stark gemacht hatte. Der geschärfte Instinkt der Feigheit ließ ihn die Situation blitzartig erkennen. Sein Blut brauste und schoß ihm in den Kopf, als wären Tausende von Schleusen in seinen Venen und Arterien geöffnet worden, und sein Hirn war das Sammelbecken, in das sich alle Ströme ergossen. Er sah nur noch verschwommene Nebel um sich herum. Dann ebbte sein Blut in raschen Wellen zurück, bis selbst sein Herz blutleer und ausgetrocknet schien, und er stand da und schaute kraftlos, hilflos und benommen dem Kinde nach, das seine unheilschwangere Last mit langsamen, unerbittlichen Schritten näher und näher zu der Gruppe trug, die geduldig wie eine Herde Schafe seiner harrte. Eine faszinierte Neugier zwang Lester, sich noch einmal nach den Flüchtigen umzuschauen; das Taxi fuhr gerade mit hohem Tempo in Richtung Bahnhof davon.

Im nächsten Moment rannte Lester los, rannte schneller als irgendeiner der Umstehenden je einen Mann hatte rennen sehen, und diesmal rannte er nicht davon. In diesem winzigen Augenblick seines Daseins durchzuckte ihn ein ungewohnter Impuls, brach sich etwas Bahn, das an den Stall erinnerte, aus dem er kam, und er rannte unerschrocken auf die Gefahr zu. Er bückte sich und umklammerte das Osterei, wie man den Ball beim Rugby aufzubaggern versucht. Was er damit anfangen wollte, hatte er nicht überlegt; jetzt galt es erst einmal, es zu bekommen. Aber dem Kind waren Plätzchen und Bonbons versprochen worden, wenn es das Ei wohlbehalten in die Hände des freundlichen alten Mannes legen würde; es schrie nicht, hielt seine Last aber mit entschlossenem Griff fest. Lester sank auf die Knie und zerrte wie wild an dem verbissen umklammerten Ei, während sich aus der schockierten Menge empörte Schreie erhoben. Ein fragender, drohender Ring schloß sich um ihn und stob plötzlich auseinander, als er das eine gräßliche Wort hinausschrie. Lady Barbara hörte das Wort und sah, wie die Menge davonrannte wie versprengte Schafe, sah, wie der Fürst gewaltsam von seinen Begleitern beiseitegezerrt wurde, sah auch ihren Sohn von Todesangst dahingestreckt am Boden liegen, sein Anfall von Wagemut verflogen angesichts des unerwarteten Widerstandes des Kindes, sah, wie er immer noch krampfhaft das weißseidene Präsent umklammert hielt, als könne gerade das ihm Schutz gewähren, unfähig, aus seiner todbringenden Nähe auch nur fortzukriechen, nur noch fähig, zu schreien, zu schreien und zu schreien. Undeutlich war ihr bewußt, daß sie die schlotternde Schande, die ihn nun in ihrem Bann hielt, gegen jenen einmaligen Akt unwiderstehlichen Mutes abzuwägen suchte, der ihn tollkühn und erhaben der Gefahr entgegengetrieben hatte. Nur den Bruchteil einer Minute lang stand sie da und betrachtete die beiden miteinander ringenden Gestalten, den Knaben mit seinem sturen ausdruckslosen Gesicht und störrisch widerstrebenden Körper, und den jungen Mann, hilflos und halbtot vor Angst, die seine Schreie beinahe erstickte; und über all dem die langen festlichen Wimpel, die fröhlich im Sonnenschein flatterten. Sie vergaß diese Szene nie; es war auch die letzte, die sie sehen sollte.

Lady Barbara trägt ihr narbiges Gesicht mit toten Augen hocherhoben wie eh und je durch die Welt. Aber zur Osterzeit sind ihre Freunde peinlichst darauf bedacht, jede Anspielung auf der Kinder Ostersymbol von ihren Ohren fernzuhalten.

Das Osterei

Hoffmann von Fallersleben

Hei, juchhei! Kommt herbei!
Suchen wir das Osterei!
Immerfort, hier und dort
Und an jedem Ort!
Ist es noch so gut versteckt,
Endlich wird es doch entdeckt.
Hier ein Ei! dort ein Ei!
Bald sind's zwei und drei.

Wer nicht blind, der gewinnt
Einen schönen Fund geschwind.
Eier blau, roth und grau
Kommen bald zur Schau.
Und ich sag's, es bleibt dabei,
Gern such' ich ein Osterei:
Zu gering ist kein Ding,
Selbst kein Pfifferling.

Der enthüllte Osterhase
oder
Kleine Versteck-Lehre

Walter Benjamin

Verstecken heißt: Spuren hinterlassen. Aber unsichtbare. Es ist die Kunst der leichten Hand. Rastelli konnte Sachen in der Luft verstecken.

Je luftiger ein Versteck, desto geistreicher. Je freier es dem Blick nach allen Seiten preisgegeben, desto besser.

Also beileibe nichts in Schubladen, Schränke, unter die Betten oder ins Klavier stecken.

Fairneß am Ostermorgen: Alles so zu verstecken, daß es entdeckt werden kann, ohne daß irgendein Gegenstand vom Fleck bewegt werden muß.

Es braucht darum nicht frei zu liegen: eine Falte in der Tischdecke, ein Bausch im Vorhang kann schon den Ort verraten, an dem man zu suchen hat.

Sie kennen Poes Geschichte vom »Entwendeten Brief«? Dann erinnern Sie sich sicher der Frage: »Haben Sie nicht bemerkt, daß alle Menschen, wenn sie einen Brief verstecken, ihn, wenn auch nicht gerade in ein ausgehöhltes Stuhlbein, so doch wenigstens in irgendeinem verborgenen Loch oder Winkel unterbringen?« Herr Dupin, Poes Detektiv, weiß das. Und darum findet er den Brief da, wo sein sehr gerissener Gegenspieler ihn aufbewahrt: nämlich im Kartenhalter an der Wand, vor aller Leute Augen.

Nicht in der »guten Stube« suchen lassen. Ostereier gehören ins Wohnzimmer, und je unaufgeräumter es ist, desto besser.

Im achtzehnten Jahrhundert hat man gelehrte Abhandlungen über die seltsamsten Dinge geschrieben: über Findelkinder und Spukhäuser, über die Arten des Selbstmordes und die

Bauchrednerei. Ich könnte mir eine übers Eierverstecken ausdenken, die es an Gelehrsamkeit mit den genannten aufnehmen könnte.

Sie würde zerfallen in drei Hauptstücke oder Kapitel. Darinnen würde der Leser bekanntgemacht mit den drei Urprinzipien oder Anfangsgründen aller Verstecke-Kunst.

Ad eins: Das Prinzipium der Klammer. Das wäre die Anweisung zur Ausnutzung von Fugen und Spalten. Der Unterricht in der Kunst, Eier in der Schwebe zu halten zwischen Riegeln und Klinken, zwischen Bild und Wand, zwischen Tür und Angel, in der Öffnung eines Schlüssels so gut wie zwischen den Röhren einer Zentralheizung.

Ad zwei: Das Prinzipium der Füllung. In diesem Kapitel würde man lernen, Eier als Pfropfen auf den Flaschenhals, als Lichter auf den Kerzenhalter, als Staubgefäß in einen Blumenkelch, als Birne in eine elektrische Lampe zu praktizieren.

Ad drei: Das Prinzipium der Höhe und Tiefe. Bekanntlich fassen die Leute zuerst ins Auge, was ihnen in Blickhöhe gegenüber ist; dann schauen sie nach oben, erst ganz zuletzt kümmern sie sich um das, was zu ihren Füßen liegt. Kleine Eier kann man auf Bildleisten balancieren lassen, größere auf dem Kronleuchter, wenn man ihn noch nicht abgeschafft hat. Aber was hat das alles zu sagen im Vergleich mit der Fülle von abgefeimten Asylen, die wir fünf oder zehn Zentimeter überm Fußboden zur Verfügung haben. Da kommt in Gestalt von Tischfüßen, Sockeln, Teppichfransen, Papierkörben, Klavierpedalen das Gras, in das der echte Osterhase allein seine Eier legt, sozusagen in der Großstadtwohnung zu Ehren.

Und da wir einmal bei der Großstadt sind, soll auch ein Trostwort für die noch dastehen, die zwischen spiegelglatten Wänden in stählernen Möbeln hausen und ihr Dasein, ganz ohne Rücksicht auf den Festkalender, rationalisiert haben. Die mögen sich ihr Grammophon oder ihre Schreibmaschine nur einmal aufmerksam angucken, dann werden sie sehen, daß sie auf kleinstem Raum an ihnen soviel Löcher und Verstecke haben als bewohnten sie eine Siebenzimmerwohnung im Makartstil.

Und nun wäre es gut, diese gewitzte Liste den Kleinen nicht vor Ostermontag in die Hände fallen zu lassen.

Vom Ehrgeiz älterer Osterhasen

Eugen Skasa-Weiß

Als unsere Jungen Bübchen waren, stellten wir ein Eierkörbchen mit einem Biskuitlämmchen neben eine Hyazinthe und riefen mit wundergläubiger Flüsterstimme: »Schaut mal, dort drüben – hat der Osterhase da nicht etwas liegengelassen? Vielleicht für euch?«

Je erwachsener die Buben wurden, desto unverkennbarer wandelte sich das Wundergläubige in ihnen in trüffelschweinerne Sensationsbegierde. Einer nach dem anderen machte die schlichten Einfälle unseres Osterhasen despektierlich herunter. Als Vater mußte ich mir sagen lassen, daß die Osterhasen anderer Eltern ihre Eier interessanter zu legen verstanden und als Meister des Versteckens Erstaunliches leisteten. Derlei hatten sie in der Schule erfahren.

Nach dieser Kritik ging unser Osterhase in sich, um dramatisch aus sich herauszugehen. Seine vormals tiefinnerliche Kunst, mit einem symbolischen Lamm und einigen Eiern auf das Fest der Auferstehung hinzuweisen, verlor von Jahr zu Jahr an Gehalt und nahm an Sportlichkeit zu.

Als die Jungen auf die Schwelle der Flegeljahre zuschritten, zog der Osterhase die Konsequenz. Seine Versteckideen verfielen mit den Manieren der Beschenkten. Er nagelte Schokoladetafeln unter die Tischplatte und versteckte gefärbte Eier in die Kugellampe der Toilette. »Wollen doch mal sehen«, sagte er mit ebenso intrigant wie väterlich verschränkten Pfoten, »ob die Herren Lausbuben mit ihren durchtriebenen Instinkten solchen Verstecken gewachsen sind.«

Allmählich entwickelte sich der Osterhase zum hochbegabten Regisseur des Chaos. Seine heidnischen Versteckspiele hinterließen durchwühlte Aschenkästen, umgestürzte Sessel, zwischen deren Drahtgeflechten sechshändig zerdrückte Marzipanküken klebten, und herabgestürzte Gardinenstangen, hinter denen es silbern geflimmert hatte.

Eine seiner besten Ideen war ein ins Katzenkistchen gewühltes Stanniolküken, das blitzend aus dem frischen Torf fuhr, als die Katze es befremdet hochscharrte. Dieses Ei wurde angewidert bejubelt und der Osterhase hart getadelt, als sie das Stanniol herunterfetzte und ein nacktes Nougatküken unter den Eisschrank jagte.

Ehrgeiz und Starübermut zerfraßen den Osterhasen in mir so sehr, daß jedes Osterfest bei uns von familiären Alptraumpsychosen eingeleitet und beendet wurde. Vier Wochen vor Ostern durchstreifte ich alle Räume und erforschte für den Osterhasen noch nie dagewesene Verstecke. Diese Verstecke durften a) nicht konventionell, b) nicht auffindbar sein und mußten c) die Überlegenheit der alten Osterhasengeneration über die jüngste schlagend beweisen. Auf diese Weise wurden die lernbegierigen Jungen geradezu süchtig, Eier zu finden und die Zimmer auseinanderzunehmen. Verzweiflungsausbrüche, die von Vatermordgedanken angeheizt wurden, wechselten mit zornigen Entdeckerfreuden. Ostern war für mich die Zeit, dem Zorn der jungen Männer einen festen Grund zu geben.

Wo, sagten sie sich als ausgewachsene Männer, wird soviel österliche Hetze im Leben noch einmal geboten?

Bei uns, wenn wir mal selber Jungen haben, um keinen Preis. Man sieht zu genau, wohin das führt; die Teppiche hochgerollt, die Wanduhr zerlegt, weil es hinter dem Zifferblatt deutlich nach Kokosei roch, der Zweitälteste zerbeult und sauer, weil er ein aufgespürtes Eiernest mit seinen Brüdern teilen sollte. Der Jüngste verheult, weil aus seinem Fahrradsattel hellgelber Dotter floß, die Bücher aus den Regalen gezerrt, weil sich im Vorjahr hinter Gottfried Kellers »Grünem Heinrich« ein Krokanthase versteckt hatte. Die Hausfrau wie eine fauchende Wildkatze und der Friede bis Pfingsten demoliert – nein, einen solchen Rummel veranstalten wir später nicht, wir sind ja keine Narren. Aber solange sie bis zur heiligen Osterzeit das Elternhaus erreichen konnten, fuhren sie über Strecken von 800 Kilometern nach Hause, um die Hybris des Osterhasen auch im achten Semester noch zu erleben.

Theaterkenner wissen, daß in den mittelalterlichen Osterspielen eines Tages die unwürdige Figur eines Salbenkrämers auftrat, der den beiden Marien mit seinem Feilschen nicht wenig zu schaffen machte. Dieser Bursche riß die heilige Osterhandlung unnachsichtig an sich. Schlimmer noch – eines Tages steigerten Petrus und Johannes ihren Gang zum Grabe in einer Weise, daß die entzückte Liturgiekritik von Mund zu Mund kolportieren konnte: »Petrus stellte dem Johannes erfolgreich ein Bein, was brausende Beifallstürme nach sich zog.« So konnte es nicht weitergehen. »Marsch, hinaus auf den Marktplatz, wo ihr hingehört, ihr Buben!« rief die empörte Geistlichkeit, womit die Geburt des Festspiel-Theaters aus der Osterliturgie vollzogen war.

Das Haus begann Jahr für Jahr mehr von seiner wochenfüllenden Abseitigkeit unseres Osterhasen zu zittern; sein Publikum suchte ihn an Schurkerei zu überteufeln, seine Bedenkenlosigkeit in der Wahl der Verstecke wurde kriminell.

Aber wie zwielichtig doch der Mensch beschaffen ist: die Jungen haben an diesem destruktiven Osterhasen mit einem Kinderglauben festgehalten, der sie weit über das zweite Lebensjahrzehnt begleitete. Dann waren die Verstecke erschöpft, weit früher als ihr Interesse, versteckte Eier aufzustöbern. Der Osterhase steht jetzt vor der Frage, soll er anbauen, um weitere Verstecke zu ermöglichen, oder soll er die Premieren der alten Verstecke für die Enkel einfach wiederholen?

Das 30-Millionen-Dollar-Ei

Birgit Brandau

»Pfingsten / Sind die Geschenke am geringsten. / Während Geburtstag, Ostern und Weihnachten / Etwas einbrachten.« Brecht hatte recht: Ostern ist, nach Weihnachten und Geburtstag, der drittwichtigste Geschenketermin im Jahr. Den Kindern gegenüber wird dafür wieder ein geheimnisvoller Gabenbringer verantwortlich gemacht. Schaut man sich landschaftliche Verteilung und Wesen der Ostereierproduzenten an, fallen zwei Charakteristika ins Auge: Zum einen scheint biologische Plausibilität geradezu verpönt zu sein – die Himmelshenne ist eine absolute Rarität –, und zum anderen gibt es keinerlei regionale Stringenz. Einzig der Osterhase und seine Vettern, der holländische Paashaas und das angelsächsische Osterkaninchen, sind überall anzutreffen. Parallel dazu muß in Ravensburg, Hannover, Westfalen, Friesland und in der Mark Brandenburg zusätzlich der Fuchs ran, im Egerland, in den Sudeten, in Ober- und Niederbayern, Halle, Thüringen, Berlin und Schweden gibt es auch einen Hahn oder Gockel und in der Schweiz noch einen Kuckuck. Und schließlich sind da neben Meister Lampe noch die Glocken, die die Eier auf dem Rückweg von Rom (siehe *Vom Schaubrauch zum Showbiz*) mitbringen und fallen lassen. Das tun sie in Kärnten, in Bayern, im Berner Land, in den Vogesen, im Rheinland, in Belgien und in den Niederlanden.

Fast ebenso vielfältig und nicht aus regionalen oder religiösen Traditionen erklärbar sind die Präsentationsformen. Mal kommen die Ostereier in ein Körbchen, mal in speziell angelegte Nester, dann wieder in Gärtchen, Käfige und aus Zweigen geformte Klausen – oder sie müssen erst einmal gesucht werden. Wobei es nicht etwa so ist, daß eine Form an einen bestimmten Gabenbringer gebunden ist, auch deren Verhalten wechselt nahezu von Haus zu Haus.

Einigkeit besteht allerdings in einem Punkt: Es müssen Eier sein, die zu Ostern verschenkt werden. Die Vielfalt beginnt aber sofort wieder bei der Frage, wie jene beschaffen sind. Vom einfachen gefärbten Hühnerei über kunstvolle Bemalungen und Verzierungen auf Gänse-, Straußen-, Holz- oder Binsenmarkeiern bis hin zu Edlerem reicht die Skala. Eigentlich gibt es kein formbares natürliches oder künstliches Material und kein Vogelei, das nicht als Osterei herhalten mußte.

Geradezu einfach muten die aufklappbaren Eier aus Schokolade, Blech, Pappmaché und heute natürlich Plastik an, die Süßigkeiten in Form von Eiern oder Osterhasen enthalten, beziehungsweise ihr Gegenstück, der Osterhase mit abnehmbarem Kopf, der mit Zuckereiern gefüllt ist. Sie sind vor allem den Kindern vorbehalten und in erster Linie ein Produkt des 20. Jahrhunderts. Mittlerweile sind solche alten Ostereier und -hasen zu Sammlerobjekten geworden, für die Liebhaber auch mal fünfstellige Beträge bezahlen (das Gros liegt aber wesentlich niedriger).

Anders sieht es bei den Ostereiern aus, die als Geschenke für Erwachsene bestimmt waren. Vielerorts war es geradezu ein Muß, der oder dem Liebsten ein Osterei zu schenken. Im Biedermeier waren mehr oder weniger sinnige Sprüche beliebt, die auf das Ei geschrieben oder auf einem manchmal meterlangen Band in seinem Inneren verborgen wurden. Handarbeit und eigene Dichtungen waren hierbei gefragt (was allerdings wohl kaum jedem so gut gelang wie Mörike – siehe Seite 60). Das war die preisgünstige bürgerliche Variante. Für den Adel galten völlig andere Maßstäbe, grenzenloser Luxus war angesagt.

Die hohe Zeit der kostbaren Ostereier liegt rund hundert Jahre zurück. Sie ist vor allem mit dem Namen Carl Fabergé verbunden, dem Juwelier, der durch sie weltbekannt wurde – und der keines seiner berühmtesten Objekte selbst anfertigte. Begonnen hat die Geschichte allerdings schon wesentlich früher.

Bereits der englische König Eduard I. (1272–1307) soll zu

Ostern mehrere Hundert mit Blattgold belegte Eier verteilt haben, ebenso der französische König Ludwig XIV. (1643–1715). Liselotte von der Pfalz, die 1671 Ludwigs Bruder geheiratet hatte und durch ihre zahllosen Briefe über das Leben am französischen Hof bekannt ist, berichtet 1717, daß sie »ein paar Ostereyer von Schildkrotten miht ein paar Ringellger« verschenkt habe. Unter Ludwig XV. (1715–1774) kamen dann auch bemalte Eier auf, für die der König Künstler wie Watteau, Lancret und Boucher beauftragte. Es entstand geradezu ein Wettstreit um die am schönsten verzierten Eier.

Über das frankophile Preußen gelangte die Mode nach Rußland, wo kunstvolle Papp- und Holzeier bereits Tradition hatten. Ende des 18. Jahrhunderts bot eine russische Manufaktur wertvolle bemalte Porzellaneier an. Die Königlich-Preußische Porzellanmanufaktur zog bald nach, und Ende des 19. Jahrhunderts hatte die Mode auch das deutsche Bürgertum erreicht, das mit einfacheren Eiern aus der Berliner Porzellanmanufaktur bedient wurde. Anscheinend schloß sich das deutsche Kaiserhaus dem an, denn Auguste Viktoria, Frau von Kaiser Wilhelm II., mokierte sich in einem Brief an ihre Schwester, daß man sich in der kaiserlichen Familie gegenseitig »gewöhnliche Porcellaneier« schenkte. An anderen Höfen – auch wenn sie bloß Glücksburg hießen – war man eindeutig Besseres gewohnt.

Mindestens seit Anfang des 18. Jahrhunderts waren Ostereier auch Schmuckstücke, unter anderem in Frankreich, vor allem aber in Rußland, wo Ostern so einen hohen Stellenwert hat. Weit verbreitet beim wohlhabenden Adel waren Miniatureier aus Edelsteinen, die mit Ornamenten aus Gold und weiteren Edelsteinen besetzt waren und von den Damen an Halsketten getragen wurden. Nicht selten baumelten an einer solchen »Osterkette« an die hundert zwei bis drei Zentimeter große üppig verzierte Winzeier (was entfernt an die Souvenirarmbänder mit Wappen erinnert, die im 20. Jahrhundert Ende der fünfziger und Anfang der sechziger Jahre so beliebt waren).

Spätestens Mitte des 18. Jahrhunderts mußten es dann »Überraschungseier« sein (auch im 21. Jahrhundert sind die ja nicht unbekannt, allerdings nicht mehr so einmalig). Zarin Elisabeth I. (1741–1761) besaß ein aufklappbares goldenes Ei, in dessen Unterteil sich ein Necessaire, bestehend aus Parfumflakon, Schere und Messer, befand. Der obere Deckel verbarg eine Uhr und eine Diamantrosette. Außen war es mit weiteren Diamanten und zwei Emailmalereien verziert. Gefertigt wurde es 1757/58 in Paris, seine Größe betrug knapp 6,5 Zentimeter.

Zur selben Zeit oder etwas früher befand sich im Besitz Charlottes von England, der Frau Georgs II. (1727–1760), ein Elfenbeinei, in dem ein goldenes Ei steckte, das man aufschrauben konnte. Darin verbarg sich ein Emaildotter. Er enthielt ein Huhn aus Gold und Email, das aufklappbar war, und eine ebenfalls aufklappbare mit Perlen und Diamanten verzierte Krone, die schließlich einen Ring verbarg. Ähnliche Eier wurden Ende des 18. und Mitte des 19. Jahrhunderts auch in Deutschland und Wien angefertigt.

Mit einem Ei, das an genau diese Tradition anknüpfte, begann 1885 die Geschichte der legendären Fabergé-Eier. Die Fabergés waren Hugenotten aus der Picardie, die 1685 nach Schwedt an der Oder und um 1800 dann nach Livland gezogen waren. Dort wurde 1814 Gustav Fabergé geboren. Er ging nach St. Petersburg, absolvierte eine Goldschmiedelehre, wurde 1841 Meister und eröffnete 1842 zusammen mit zwei Partnern eine Werkstätte. Seine Söhne Carl (geboren 1846) und Agathon (1862–1895) gingen ebenfalls in die Goldschmiedelehre, und Carl übernahm 1870 das Geschäft in Petersburg. Aus den ersten Jahren seiner Tätigkeit ist relativ wenig bekannt, aber man nimmt an, daß nun vor allem elegantere und feinere Schmuckstücke im klassizistischen Stil entstanden, wie er sie auf seinen Studienreisen durch Westeuropa kennengelernt hatte. Der große Umschwung begann 1882, als auch Agathon seine Ausbildung abgeschlossen hatte und in die Firma eintrat, die nun in größere Räume umzog und bei der Panrussischen Ausstellung in Moskau mit einer Goldmedaille geehrt wurde.

Agathon war ein begnadeter Designer und sicher der größere Künstler der beiden Brüder, während Carl sich vor allem als genialer Geschäftsmann, Spürnase für Trends und Manager erwies. Er verstand es, die bedeutendsten Goldschmiede seiner Zeit an die Firma zu binden. Er überwachte alle Arbeiten, legte aber bei der Ausführung selbst nie Hand an. Durch die Moskauer Ausstellung hatte Fabergé die Aufmerksamkeit des Herrscherhauses erregt, und Zar Alexander III. bestellte 1885 ein Ostergeschenk für die Zarin Marie Feodorowna.

Das »Hennenei« wurde ein durchschlagender Erfolg: Fabergé erhielt von da an jedes Jahr den Auftrag für ein kaiserliches Osterei, das jeweils eine ungewöhnliche Überraschung enthalten mußte. Alexanders Sohn und Nachfolger Nikolaus II. schloß sich der Tradition an und erweiterte sie; er beschenkte nicht nur seine Frau, sondern auch – an Stelle seines Vaters – seine Mutter. Mindestens 56 solcher Eier entstanden bis 1916, die Produktion für 1917 konnte wegen der Abdankung und Verhaftung des Zaren im März nicht mehr ausgeliefert werden.

Bereits 1886 hatte Fabergé eine Filiale in Moskau eröffnet, weitere folgten in Odessa, Kiew und London. 1903 arbeiteten über 500 Personen in Fabergés Werkstätten, die unzählige Schmuckstücke und kostbare Gebrauchsgegenstände herstellten. Neben den Eiern – in »schlichterer« Form auch als Bonbonnieren für die wohlhabende Bürgerschicht – waren vor allem naturalistische, aus Halbedelsteinen geschnittene Tiere und filigrane, aus Edelsteinen, Gold und Email zusammengesetzte Blumenzweige in Bergkristallväschen typisch für Fabergé.

Mit dem ersten Weltkrieg begann der Niedergang, die Firma mußte auf Materialien wie Kupfer, Stahl oder sogar Holz zurückgreifen und produzierte nun auch Kochtöpfe und Handgranaten. Nach der Oktoberrevolution floh Carl Fabergé nach Wiesbaden, 1920 starb er in der Nähe von Lausanne. Zwei seiner Söhne gründeten 1924 in Paris eine neue Firma, die noch heute besteht, aber nie an die großen Erfolge anknüpfen konnte. In den fünfziger Jahren verkaufte man die Namensrechte in die USA, 1989 wurden sie von Unilever übernommen.

Daß die Ostereier für den Zarenhof Legende wurden, verdanken sie nicht allein dem Einfallsreichtum beim Design und der exquisiten handwerklichen Qualität, sondern auch ihrer Kostbarkeit. Kein Preis war zu hoch, kein Material zu rar, um sparsam damit umgehen zu müssen; Fabergé und seine Goldschmiede konnten ohne jegliche Rücksichten aus dem Vollen schöpfen. Selbst für die an Pracht und Luxus gewöhnten Kaiserhöfe des Fin de siècle nahmen diese Ostereier eine Ausnahmestellung ein. Schon bald waren sie so berühmt, daß sich Nachahmer fanden – selbst das Pariser Haus Cartier war sich nicht zu schade, Ostereier im Fabergé-Stil herzustellen, nachdem man sie auf der Weltausstellung 1900 gesehen hatte. In den meisten Fällen waren die Qualitätsunterschiede aber groß genug, um keine ernsthafte Konkurrenz aufkommen zu lassen.

Die Herstellung des Zareneis war für Fabergé jeweils der wichtigste Auftrag des Jahres, an manchem wurde über viele Monate hinweg gearbeitet. Und ihre Produktion unterlag höchster Geheimhaltung, ein Staatsgeheimnis war nichts dagegen. Nicht das kleinste Detail durfte nach außen dringen, und am Hof war die Beschaffenheit des neuen Ostereis in den Wochen vor dem Fest das wichtigste Thema. Anfangs hatte der Hof wohl Vorgaben gemacht, doch später konnte Fabergé frei entscheiden, und nicht einmal der Zar selbst erfuhr, was ihn erwartete. Auch wenn er Fabergé noch so sehr bedrängte, erhielt er nur die ausweichende Antwort: »Majestät werden zufrieden sein.«

Die vielfältigen Formen und immer raffinierteren Überraschungen zu beschreiben, ist nahezu unmöglich. Den Anfang machte das bereits erwähnte, an ältere Vorbilder anknüpfende Hennenei. Die Eier der nächsten Jahre waren noch verhältnismäßig einfach. Zwischen 1891 und 1914 steigerten sich Pracht und Raffinesse immer mehr. So enthielt das aus Blutjaspis gefertigte Ei für 1891 beispielsweise ein goldenes Modell des

Kreuzers »Pamiat Azowa« auf einem Aquamarin-Meer, dasjenige von 1895 eine Rosenknospe, die die Zarenkrone umschloß. Berühmt sind die Krönungskutsche (an der allein fünfzehn Monate gearbeitet wurde) im Goldei von 1897, die knapp vierzig Zentimeter lange Transsibirische Eisenbahn von 1900 (in einem kaum vierzehn Zentimeter hohen Ei), diverse Palastmodelle oder ein durchsichtiges Ei mit einem Pfau (1908, das sogar drei Jahre Arbeitszeit in Anspruch nahm) sowie verschiedene bewegliche Figuren, unter anderem ein Kuckuck (1900) und ein Orangenbäumchen mit Spieluhr (1911). Ebenso faszinierende Stücke sind aber auch ein filigranes Ei aus Kleeblättern (1902, die Blätter sind aus farbigen Edelsteinen geschnitten) beziehungsweise aus Rosenranken (1907) oder das Winterei aus Bergkristall, das einen Blumenkorb enthielt (1913). Das letzte in dieser Kette der besonders luxuriösen Eier ist das Mosaikei von 1914: Seine Hülle besteht aus einem an Stickerei erinnernden Mosaik, das zu Rosen zusammengesetzt ist. Die quadratischen Mosaiksteinchen sind aus Rubinen, Smaragden, Saphiren, Diamanten, Topasen, Quarzen und Granaten geschnitten und werden von einem Platinnetz gehalten. Eingerahmt werden die Rosen von Perlenreihen und Diamant-Arabesken. Im Inneren des 9,2 Zentimeter großen Eis befand sich ein prächtiger Bilderständer mit den Porträts der Zarenkinder.

Außer der Zarenfamilie kamen nur ganz wenige in den Genuß von Fabergé-Überraschungseiern. Doch als dann im Gefolge der Russischen Revolution Emigranten und auch der Kreml Fabergé-Eier zu Geld machten, war das Interesse zunächst gering und die Preise blieben erheblich unter denen, die Fabergé seinerzeit verlangt hatte: Zwei frühe kaiserliche Ostereier brachten 1934 nur noch £85 und £110, während der Zar im Schnitt 30000 Rubel oder £3000 bezahlt hatte. Für etwas mehr als £1 (nämlich 24 Shilling) konnte man vor dem Ersten Weltkrieg zweimal im Claridge's, dem besten Londoner Hotel, übernachten oder ebensooft im Ritz essen. Den Preis für ein Dinner (ohne Getränke) im berühmtesten Petersburger Restaurant gab der Baedeker 1902 mit 3 Rubel an. Setzt man, ausgehend von heutigen Übernachtungspreisen, den Rubel mit 30 Euro an, würde ein Osterei mit rund 900 000 Euro zu Buche schlagen.

Doch selbst diese Summe wäre ein Sonderpreis angesichts der Preisexplosion, die mittlerweile erfolgt ist. 1979 erhielt der amerikanische Milliardär Forbes den Zuschlag für zwei Eier noch bei etwa 2 Millionen Dollar, 2004 ging seine Fabergé-Sammlung, zu der neun Eier gehörten, für 100 Millionen Dollar an den russischen Ölmagnaten Viktor Vekselberg. Darunter befand sich auch das Krönungsei samt Kutsche, das Zar Nikolaus 1897 für einen Preis von 7000 Rubel verhältnismäßig günstig erworben hatte: Allein dieses Ei wird heute auf 30 Millionen Dollar taxiert.

Äußerlich ist das Krönungsei eher »schlicht«; abgesehen von großen Diamanten an beiden Enden ist es nur mit einem flachen Netz mit doppelköpfigen Adlern überzogen und korrespondiert mit dem goldenen Etui, das Zar Nikolaus II. zum selben Osterfest von der Zarin bekam. Doch die enthaltene Überraschung zeigt das Fabergésche Handwerk in Vollendung: Es handelt sich um die detailgetreue Nachbildung der Kutsche, mit der die Zarin Alexandra Feodorowna im Jahr zuvor bei der Krönung gefahren war. Sogar die herunterklappbaren Stufen und der Himmel im Innern fehlen nicht. Die Fenster sind aus Bergkristall, die Reifen aus Platin und die blaßblauen Vorhänge aus Emaille. Brillanten zieren das Flechtwerk, die Naben sowie Wappen, Zarenkrone und die Adler auf dem Dach: ein Meisterwerk der Goldschmiedekunst – oder »Edelkitsch«, wie der Katalog zur Fabergé-Ausstellung anläßlich des silbernen Thronjubiläums von Queen Elizabeth II. 1977 in London auf deutsch vermerkte.

Das Schokoladenguss-Hohlkörperl

Hartmut Schickert

Das Schokoladenguß-Hohlkörperl gehört zu den seltsamsten Hervorbringungen der Evolution. Der scheue, sich den größten Teil des Jahres im Unterholz aus Geschenkpapier und Süßwarenschachteln versteckende Kleinmutant sucht nur zweimal jährlich die Nähe des *Homo sapiens*; dennoch (oder gerade deswegen?) übt er auf jüngere Angehörige dieser Primatenart eine starke Anziehungskraft aus. Für wenige Tage, oft nur Stunden, ja, Minuten, gehen beide Vertreter dieser ansonsten recht konträren Spezies eine innige symbiotische Verbindung ein, bis diese dann abrupt durch Einverleiben des kleineren durch den größeren Partner beendet wird. Sei es in der lenzoiden oder der hibernalen Gestalt – in der Regel zeitigt dieser Vorgang für die Schokoladenguß-Hohlkörperl letale Folgen. (Nur äußerst selten gelingt es einem Exemplar, beim Einverleibtwerden sich flugs in der Trachea des *Homo sapiens* derart querzulegen, daß dieser seinen O_2-CO_2-Metabolismus nicht länger aufrechterhalten kann.)

Warum die offensichtliche Zuneigung der beiden Arten und die daraus resultierende (wechselseitig!) zunächst zärtliche Beziehung regelmäßig so brutal scheitern, hat natürlich die Psychologie schon seit Jahrhunderten beschäftigt. Freudianer sehen die unilaterale Einverleibung als Ausdruck einer nicht erfolgreich abgeschlossenen oral-sadistischen Phase des betreffenden *Homo sapiens*. (Todessehnsüchte des Schokoladenguß-Hohlkörperls werden nur selten postuliert.) Jungianer sehen darin die symbolische Aneignung eines Archetyps, haben aber noch Probleme, die Vatergestalt der hibernalen Erscheinungsform des Schokoladenguß-Hohlkörperls mit seiner ganzjährigen, tendenziell fäkalhaften Braunfärbung in Deckung zu bringen. Soziopsychologen konstatieren lediglich einen durch primäre wie sekundäre Sozialisation und vor allem multimedial konditionierten Freßreflex im Rahmen einer umfassenderen Schokophagie. Behavioristen lehnen eine eingehendere Beschäftigung mit der Fragestellung ab, weil Schokoladenguß-Hohlkörperl nicht in Black boxes geliefert werden. (Was Masters und Johnson dazu herausgefunden haben, wurde hier vor Imprimatur vom Lektorat gestrichen, da der Vertrieb eine Indizierung des vorliegenden Werks befürchtete.)

Die evolutionsgeschichtliche Herkunft des Schokoladenguß-Hohlkörperls verliert sich wie üblich im Dunkel der Paläobiologie. Morphologische Parallelen lassen auf eine enge Verwandtschaft mit dem Schokoladenguß-Vollkörperl schließen; auch gehören mancherlei Pralinenartige womöglich zur selben Familie, doch müssen kürzlich in der Fachpresse geäußerte Theorien entschieden zurückgewiesen werden, denen zufolge sogar die Marzipankartoffel oder die (bedauerlicherweise zum chronischen Alkoholismus neigende) Weinbrandbohne auf denselben Stamm zurückgeführt werden sollten. Die älteste bekannte Urform des Schokoladenguß-Hohlkörperls ist das süd- und mittelamerikanische *Xocolatl*, das sich bei den Azteken geradezu kultischer Verehrung erfreute, obwohl seine artgerechte Haltung prätechnologische Kulturen vor erhebliche Probleme stellte: Seine erste Lebenszeit bis zur Reife verbrachte es auf tropischen Bäumen der Spezies *Theobroma cacao L.*; nach der Vergesellschaftung mit dem *Homo sapiens* kam es dann zu einer nur unvollkommenen Metamorphose, so daß es wegen seiner amorph-liquiden Qualität permanent in Flaschenkürbissen gehalten werden mußte.

Den frühen Hochkulturen Europas und Vorderasiens war der seltsame kleine Mutant offensichtlich unbekannt – dabei war ihnen von vielerlei Göttern und Geisteswesen der Gestaltwandel an sich durchaus vertraut. In den Zentren der frühen Metallverarbeitung bei den Halybern, Hethitern oder Mykenern beispielsweise wurde das Schmelzen und Gießen perfekt beherrscht, und eine Fülle von archäologischen Befunden beweist, daß in solchen Habitaten auch das Schokoladenguß-Hohlkörperl prächtig hätte gedeihen können. So wurde 1995 in den Schichten des bronzezeitlichen Troia eine Figurine gefunden (ein sogenannter anatolischer *Standing Warrior*), die mit gestauchteren Extremitäten durchaus etwas Leporidenhaftes haben könnte; immerhin ist von den Troianern des 2. Jahrtausends v. u. Z. bekannt, daß sie den Hohlguß meisterlich beherrschten. Und von den Hethitern bis zu den Assyrern zeigen zahlreiche Reliefs humanoide Gestalten, die mit ihren spitzhelm- bis zipfelartigen Kopfausbuchtungen frappant an die hibernale Erscheinungsform des Schokoladenguß-Hohlkörperls erinnern. Vielleicht sind ganz prosaische, nämlich klimatische Gründe für das Fehlen von Belegen aus der südeurasischen Vor- und Frühgeschichte verantwortlich: Anhand von heutigen Schokoladenguß-Hohlkörperln konnte wiederholt (auch im Blindversuch) nachgewiesen werden, daß sie höhere Temperaturen alles andere als gut vertragen; schon durchschnittliche Körpertemperaturen von Mammalia führen bei ihnen zu einem Verlust der morphogenetischen Fähigkeiten, noch mehr Hitze löst Zersetzungsprozesse aus, die zunächst das semikristalline Materialgefüge und schließlich auch die Molekularstruktur in Mitleidenschaft ziehen.

Zu einem zwar nur saisonalen, doch besonders treuen Begleiter des Menschen konnten die Schokoladenguß-Hohlkörperl ubiquitär also erst werden, nachdem Linde et al. die notwendigen Voraussetzungen zur Schaffung künstlicher Übersommerungshabitate geschaffen hatten (sogenannter Frigidarien). Seither erfreuen sie alljährlich zu Ostern und Weihnachten weltweit nicht nur Herz und Seele der *choc-addicts*. Dennoch haben sie nichts von ihrer Faszination eingebüßt, vor allem heutzutage für die Wissenschaft: Ungeklärt ist nach wie vor, trotz Richard Dawkins' Postulat morphogenetischer Wechselfelder, wie die Schokoladenguß-Hohlkörperl ihre Mutation innerhalb von drei bis vier Monaten eigentlich termingerecht bewerkstelligen. Auslöser scheint regelmäßig eine Überproduktion durch die Schokoladenindustrie zu sein, und als gesichert gilt einzig, daß sich der Gestaltwandel durch Umverpuppung in anders bedrucktes Stanniol vollzieht. Womit wenigstens geklärt wäre, warum billige Schokoladenweihnachtsmänner doppelzipfelige Mützen tragen und warum billige Schokoladenosterhasen die senkrecht gestellten Ohren ganz eng aneinanderlegen und so hoch aufgerichtet daherkommen (vgl. *Standing Warrior*, oben).

Ostermenü mit Elf-Apostel-Dessert

Hermann Feuersee

Was fängt man bloß mit dem Karfreitag an, wenn man ihn nicht als guter Christ gefestigten Glaubens in stiller Einkehr und im Gebet verbringt? Diesen emotional trübsten aller Feiertage? Die Läden sind geschlossen, das öffentliche Amüsement ist weitgehend zum Erliegen gekommen, die wenigen Lokalitäten, die keinen zusätzlichen Ruhetag eingelegt haben, sind gähnend leer.

Zu Hause bleiben? Das Radio dudelt Trauermusik (oder zumindest Blues und Gospel statt Rock und Rap), im Fernsehen zeigen sie x-mal wiederholte, schwerblütige Filme oder, noch schlimmer, irgendwelche Quasselrunden, bei denen alle klingen, als würden sie das Wort zum Sonntag vom Blatt ablesen. Auch nicht erhebend.

Man hat also jede Menge Zeit. Zeit zum Beispiel, ein etwas aufwendigeres Abendessen zu gestalten, das einen auf die kommenden Festtagsschwelgereien einstimmt. Gegebenenfalls einzuladende Freunde werden es begrüßen. Lecker soll es schon sein, aber leicht, der österlich-kulinarische Höhepunkt kommt ja noch. Und natürlich gibt es Fisch, soviel Verbeugung vor dem Karfreitag muß sein (alles für 4 Personen):

Crème von gelben Linsen mit Knoblauch-Croutons

1 kleine Zwiebel, ½ Möhre und ein gleich großes Stück Sellerie würfeln und über mäßiger Hitze in 1 EL Butter goldgelb dünsten. Mit ½ l Hühnerbrühe (wer streng fasten will, nimmt Gemüsebrühe) und ¼ l trockenem Riesling auffüllen. 1 Lorbeerblatt und 1 zerdrückte Knoblauchzehe zufügen, zum Kochen bringen und 250 g geschälte gelbe Linsen einstreuen. Kochen lassen, bis sie zu zerfallen beginnen (dauert nicht lang). Inzwischen 1 Handvoll Weißbrotwürfel in reichlich Olivenöl braun rösten, in den letzten paar Minuten eine geviertelte Knoblauchzehe dazugeben, die nur ihr Aroma abgeben, nicht braun werden soll. Die Linsensuppe mit dem Mixstab pürieren, in Suppentassen füllen, in die Mitte 1 TL Crème fraîche geben, die Croutons (Weißbrotwürfel) darauf verteilen und frisch gehackte Gartenkräuter (beispielsweise Kerbel, Petersilie oder Schnittlauch) darüberstreuen.

Seeteufel-Medaillons im Gemüsebett

12 Frühlingszwiebeln putzen und die dunkelgrünen Teile entfernen. In heißer Butter rasch anbräunen (sie dürfen nicht zu weich werden) und warm stellen. 100 ml Fischfond (gibt es fertig im Glas) und 100 ml trockenen Riesling mit 1 Lorbeerblatt und 1 ganzen Knoblauchzehe auf die Hälfte reduzieren, dabei nach und nach so viel Sahne angießen, daß eine sämige Sauce entsteht. Mit Salz abschmecken, Lorbeer und Knoblauch entfernen, warm stellen. 8 große Kopfsalatblätter und 1 Handvoll Sauerampferblätter, in feine Streifen geschnitten, in Butter dünsten, bis sie zusammenfallen. Mit der Hälfte der Sauce vermischen und warm stellen.

800 g Medaillons vom Seeteufel salzen, mit etwas Zitronensaft beträufeln und in Mehl wenden. Überschüssiges Mehl abschütteln. Über mittlerer Hitze in schäumender Butter leicht hellbraun braten, dabei einmal wenden.

Auf vorgewärmten Tellern die Blättermischung verteilen, darauf die Medaillons legen, mit der restlichen Sauce übergießen und mit den Frühlingszwiebeln und Zitronenachteln garnieren. Dazu frisches Baguette und derselbe Riesling, mit dem gekocht wurde.

Amarena-Crêpes

Aus 60 g Mehl, 2 Eiern, 1 Prise Salz, 1 EL Zucker und 1 TL zerlassener Butter einen glatten Teig rühren. Mindestens 1 Stunde kalt stellen. 1 Glas Amarena-Kirschen mit der Flüssigkeit erwärmen. In einer mittelgroßen (am besten beschichteten) Pfanne in wenig Butter aus dem Teig 4 dünne Pfannkuchen backen, dabei einmal wenden. Auf vorgewärmte Teller legen, je 1 kleine Kugel Vanilleeis daraufsetzen, daneben auf einer Hälfte die Amarena-Kirschen verteilen und die andere Hälfte darüberklappen. Rasch servieren.

Ein würdiger Abschluß der Fastenzeit. Nicht gerade karg, aber wenigstens fleischlos. Es empfiehlt sich, am Samstag etwas kürzerzutreten, um dann am Ostersonntag – die Eiersuche hat bestimmt hungrig gemacht – ohne schlechtes Gewissen das große Ostermenü so richtig genießen zu können. Im Mittelpunkt steht, wie könnte es anders sein, das Lamm. Es symbolisiert Ostern nicht nur wie kein zweites Tier, sondern schmeckt um diese Jahreszeit auch am besten. Eine gleichermaßen rustikale wie exotische Variante hat mir (und weiteren 7 Mitessern) einmal mein türkischer Freund Mustafa vorgesetzt: ein ganzes Frühlingslamm, gefüllt mit Reis, Rosinen, Kräutern, gewürzt mit Knoblauch, Zimt und vielen anderen orientalischen Spezereien, langsam stundenlang unter fleißigem Begießen im Rohr gebacken. Allerdings ist der Backofen eines Normalhaushalts dafür einfach zu klein. Also habe ich mich für eine kleinere, dafür feinere Variante entschieden. Nach den gebührenden Vorspeisen, natürlich (alles für 4 Personen):

Zweierlei Eier

2 große Hühnereier wachsweich kochen (circa 8 Minuten), abschrecken, schälen und längs halbieren. Auf 4 kleinen Tellern Kresse verteilen, darauf je 1 noch warme Eihälfte mit der Schnittfläche nach oben setzen und je 1 gehäuften TL Lachskaviar daraufgeben. Mit gebuttertem Toast und einem Gläschen trockenem Winzersekt servieren.

Lachsmousseline mit Meursaultsauce

150 g Lachsfilet ohne Haut und Gräten mit 1 Eiweiß im Mixer pürieren und durch ein feines Sieb streichen. 1 Stunde kalt stellen.

Eßlöffelweise 150 ml ebenfalls eiskalte Sahne unterrühren, bis eine ganz homogene Mischung entstanden ist. Mit Salz, weißem Pfeffer und ein paar Tropfen Zitronensaft abschmecken. 4 kleine Tassen mit geraden Wänden mit weicher Butter ausstreichen und die Mischung hineingeben. Mit Alufolie fest verschließen und auf dem Herd im köchelnden Wasserbad zugedeckt 20 Minuten garen.

50 ml Meursault (bester weißer Burgunder), 50 ml Fischfond (siehe oben) und 1–2 TL Noilly Prat (herber, weißer französischer Wermut) auf die Hälfte reduzieren, 100 ml Sahne zugeben, einmal aufkochen lassen und mit 50 g eingeschwenkten kalten Butterstückchen binden (darf nicht mehr kochen).

Die gegarten Mousselines am Rand mit einem spitzen Messer lösen und auf vorgewärmte Teller stürzen, die Sauce angießen und mit Kerbelblättchen und Fleurons garnieren. (Fleurons sind Halbmonde oder Rauten aus Blätterteig: TK-Blätterteig auftauen, Formen ausstechen, mit Eigelb bestreichen und nach Packungsvorschrift backen – oder fertige Fleurons kaufen.) Dazu ein Gläschen Meursault – die Flasche ist ja ohnehin angebrochen …

Lammfilets in Estragonsahne

Ein Stück Lammrücken vom Metzger so auslösen lassen, daß man 4 Portionen zu je rund 150g erhält (Knochen und Abschnitte mitnehmen). 1 Bund Suppengrün und 1 Zwiebel putzen und kleinschneiden, zusammen mit den Lammknochen und -abschnitten in Olivenöl anrösten, mit ½ l trockenem Rotwein und ½ l Wasser ablöschen, 2 Knoblauchzehen, 1 Lorbeerblatt und 6 Pfefferkörner zugeben, zum Kochen bringen, Schaum abschöpfen und mindestens 2 Stunden offen leise köcheln lassen. Durch ein Sieb geben, abkühlen lassen und entfetten. (Das kann am Tag vorher erledigt werden; wer sich die Mühe sparen will, kauft fertigen Lammfond.)

Fond auf 250ml reduzieren, zum Schluß nach und nach Sahne zufügen, bis eine sämig-glatte Sauce entsteht. 1 gehäuften EL Estragonblätter unterziehen und mit Salz und frisch gemahlenem schwarzen Pfeffer abschmecken.

Lammfilets in Olivenöl bei anfangs starker, dann mäßiger Hitze unter Wenden knapp gar braten. Das dauert je nach Stärke 5–15 Minuten. Erst zum Schluß salzen, pfeffern und auf vorgewärmten Tellern mit Alufolie abgedeckt 5 Minuten ruhen lassen. Den Bratensatz mit 1 Gläschen Cognac ablöschen und in die Sauce geben. Lammfilets schräg in Scheiben schneiden, frisch gekochte, vielleicht sogar selbstgemachte Bandnudeln daneben arrangieren und beides mit der Sauce überziehen. Dazu ein gehaltvoller trockener Rotwein, vielleicht ebenfalls aus dem Burgund.

Als Käsegang wäre es eine nette Idee, ihn als Hommage an diejenigen Milchlieferanten zu konzipieren, denen ohnehin um Ostern unsere besondere Aufmerksamkeit gilt, und eine kleine, aber feine Auswahl an Ziegen- und Schafkäsen anzubieten. Das diesbezügliche Angebot aus Frankreich und ganz Südeuropa ist mittlerweile so breit gefächert, daß zwischen mild und scharf für jeden Geschmack etwas zu finden sein dürfte. Dazu vielleicht zur Abwechslung einmal Pumpernickel und denselben Rotwein wie zum Hauptgang.

Und was gibt es als Dessert? Wenn vom Eierausblasen zu Dekorationszwecken noch viel Flüssigei übrig ist, bieten sich eine ganze Reihe von Eiercremes an. Aber andererseits ist Ostern auch eine hohe Zeit des Backens, und Kuchen oder Torten warten nur darauf, verzehrt zu werden. Als Nachtisch empfehle ich daher ein Stück des überaus delikaten englischen Osterkuchens:

Simnel Cake

450g gemahlene Mandeln, 450g feiner Kristallzucker, 3 leicht geschlagene Eier, 1 EL Cognac und 3–4 Tropfen Bittermandelöl verrühren und zu einem weichen Teig verkneten. Ist er zu fest, 2–3 TL Zitronensaft zugeben. In Klarsichtfolie gehüllt beiseite stellen.

250g Butter und 250g Zucker schaumig rühren. Abgeriebene Schale von 2 unbehandelten Zitronen hinzufügen. Nach und nach 4 Eier unterrühren. 350g Mehl, 1 Prise Salz, ½ TL Zimt, ½ TL Muskatnuß und 1 TL Backpulver zusammen in eine Schüssel sieben. Portionsweise in die Butter-Eier-Mischung rühren und dabei 125g gehacktes Orangeat und Zitronat und 500g in Cognac eingeweichte Sultaninen und Korinthen zugeben. Eine Springform buttern und mit Backpapier auslegen. Die Hälfte des Teigs einfüllen. Aus ⅓ der Mandelmasse eine Platte vom Durchmesser der Springform ausrollen und diese auf den Teig legen. Restlichen Teig einfüllen und im vorgeheizten Ofen bei 180 °C etwa 1½ Stunden backen, bis sich der Kuchen vom Rand der Form löst. Etwas abkühlen lassen und aus der Form nehmen.

Das zweite Drittel der Mandelmasse wiederum zu einer Platte vom Durchmesser des Kuchens ausrollen und auf die mit Aprikosengelee bestrichene Oberfläche legen. Aus dem restlichen Drittel 11 gleich große Kugeln formen und mit verrührtem Eigelb im Kreis oben auf dem Kuchen festkleben. Die Deckplatte und die Kugeln dünn mit Eigelb bestreichen und den Kuchen im vorgeheizten Ofen bei 150 °C überbacken, bis die Kugeln leicht zu bräunen beginnen.

Wer's kitschig mag, kann nach dem Überbacken noch in der Mitte des Kreises ein »Nest« aus bunten Zuckereierchen leicht in die Oberfläche drücken. Die 11 Kugeln stellen übrigens die Apostel dar. Wie? Waren das nicht 12? Nun ja, Engländer denken realistisch: Für Judas ist nach Karfreitag kein Platz mehr in dieser Runde …

Frühling

Joachim Ringelnatz

Die Bäume im Ofen lodern,
Die Vögel locken am Grill.
Die Sonnenschirme vermodern,
Im übrigen ist es still.

Es stecken die Spargel aus Dosen
Die zarten Köpfe hervor.
Bunt ranken sich köstliche Rosen
In Faschingsgirlanden empor.

Ein Etwas, wie Glockenklingen,
Den Oberkellner bewegt,
Mir tausend Eier zu bringen,
Von Osterstören gelegt.

Ein süßer Duft von Havanna
Verweht in ringelnder Spur.
Ich fühle an meiner Susanna
Erwachende neue Natur.

Es lohnt sich manchmal, zu lieben,
Was kommt, nicht ist oder war.
Ein Frühlingsgedicht, geschrieben
Im kältesten Februar.

Fest der Triebe, Fest der Hiebe

Joseph von Westphalen

Zur Feier des Osterfestes erinnere ich an Thomas von Cortona – kein Heiliger, aber dennoch ein seltsamer Mensch. In meiner Sammlung außergewöhnlicher Gestalten am Ende des 20. Jahrhunderts ein Prachtstück. Er ist mir fast so lieb wie der Schlafwagenschaffner aus Neuguinea, der zwischen Paris und Marseille pendelt und selbst die ausländerfreundlichsten Reisenden mit seinem Steinzeitantlitz erschreckt. Von dem erzähle ich ein andermal.

Thomas wurde von seinen wenigen Freunden Thomas von Cortona genannt, weil er die Semesterferien oft in einem Haus nahe der toskanischen Stadt Cortona verbrachte. Aber nicht nur deshalb. Auf einen Betriebswirtschaftsstudent hätte der kirchenväterliche Spitzname nicht gepaßt. Obwohl auch in Thomas ein Betriebswirt schlummerte – und später sogar erwachte. Thomas studierte Theologie. Katholische. Werde ich nie verstehen, wie man das tun kann. Er selbst sagte: »Immer noch besser als Heidegger!«

Weil er echt und schallend über alles Heilige lachte, war er unangreifbar. Hielt man ihm das Unwesen des Papstes vor, bekreuzigte er sich, und wenn er in Form war, holte er ein Präservativ aus der Tasche, blies es zu einem Ballon auf, tupfte es in die Luft und sagte »Papa in Roma Papperlapapp.« Mit solchen Vorführungen sammelte er Pluspunkte. Fragte man ihn ernsthaft, was einer wie er in der Kirche verloren hatte, sagte er, er fände es normal, an kaputten Sachen zu hängen. In der DDR hätte es auch Leute gegeben, die das System verändern wollten, er wäre schon mit einem Bruchteil der Achtung zufrieden, die man denen entgegengebracht habe.

Ich bin solchen fröhlichen Reformern gegenüber skeptisch. Sie haben mich noch nie wirklich interessiert. Wie Thomas von

Cortona allerdings seine große Osterkampagne anzettelte und dabei scheiterte – das hat ein gewisses Format.

Von der Sache weiß ich Näheres über eine Anwältin. Sie verwaltet die Konkursmasse einer pleite gegangenen Werbeagentur. Ich wollte mit ihr ins Kino gehen, aber sie mußte erst ein paar Akten vernichten. Der Reißwolf im Keller der Kanzlei. Ich half ihr. Zwei Ordner habe ich mir unter den Nagel gerissen und rekonstruiere wie folgt:

Thomas von Cortona irritierte und beeindruckte nicht nur die Heiden, sondern auch die Gläubigen. Seine ungewöhnlich muntere Art und seine intelligenten Seminararbeiten verliehen ihm Ansehen über die theologische Fakultät hinaus. Die Professoren sahen in ihm eine Hoffnung ihres aschgrau dahindümpelnden Fachs und verschafften ihm Zugang zu Kirchenleuten. Wenn die Zahl der Kirchenaustritte wieder einmal bedrohlich in die Höhe stieg, fanden im erzbischöflichen Ordinariat geheime Krisensitzungen statt, zu denen Thomas bisweilen als Gast und inoffizieller Berater geladen wurde. Einige der Alten waren erstaunlicherweise aufgeschlossen oder auch nur verängstigt genug, um von einem Jüngeren wissen zu wollen, wie der das Wegschwimmen der Felle beurteilte. Thomas neigte bei solchen Gelegenheiten zur Großspurigkeit. »Meine Herren«, konnte er sagen, »die moderne Kirche ist ein Dienstleistungsunternehmen, und wenn sie sich nicht als ein solches begreift, werden ihre Stunden gezählt sein.«

Die Kirchenmänner schauten Thomas an wie einen Teufel und legten die Patschhände hilflos auf ihre dicken schwarzen Bäuche. Dann packte Thomas von Cortona seine Bratsche aus, und wenn er die Saiten zu streichen begann, ähnelte er einem sanften Prälaten. Die geistlichen Herren schlossen die Augen, und niemand weiß, an was sie dachten. Sie vergaßen wohl die Kirchenaustritte, die sie Kopf und Kragen beziehungsweise ihre Stellungen kosten konnten. »Meine Art zu beten«, ließ Thomas von Cortona keck verlauten, wenn er die Bratsche weglegte. Dann fuhr er mit seinen Belehrungen fort: »Die Kirche muß werben wie jede andere Versicherungsanstalt auch!« Dem Erzbischof, erweicht vom Bratschenspiel und der Prälatenhaftigkeit des hoffnungsvollen theologischen Nachwuchses, leuchtete als Erzkonservativem das marktwirtschaftliche Denken durchaus ein, und zum Entsetzen seiner frommen Kollegen sagte er eines Tages zu Thomas, dem flotten Studenten: »In Gottes Namen, mein Sohn, tu was du für richtig hältst.«

Das läßt sich Thomas von Cortona nicht zweimal sagen. Ausgestattet mit einer Vollmacht und dem prickelnden Gefühl eines Reformators reist er drei Tage später ins Mekka der Werbewelt, nach Düsseldorf. Schon ist ein Termin mit einer großen Werbeagentur vereinbart.

Man speist zunächst in einem affigen Designerrestaurant. Der Kreativdirektor, die Kundenberaterin und Thomas. Thomas ist von der Kundenberaterin enttäuscht. Er hatte geglaubt, alle Frauen, die in Werbeagenturen beschäftigt sind, müßten wunderschöne Beine haben. Der Rock der Kundenberaterin ist zu kurz für ihre Beine. Trotzdem geht ihm die Frau nicht aus dem Kopf. Als sie über den Etat der Werbekampagne sprechen, zuckt Thomas bei der Zahl 7 Millionen nicht nur nicht zusammen, sondern sagt: »Ich hatte mir eine andere Größenordnung vorgestellt. Flächendeckender. Wenn es sein muß, sind wir bereit, 12 Millionen auszugeben.« Von da an wird Thomas ernst genommen. Als der Kreativdirektor das Essen zahlen will, imponiert ihm Thomas mit der voll-professionellen Bemerkung: »Sie schlagen das ja doch nur auf die Spesenrechnung drauf.«

In den nächsten Tagen finden Briefings und Brainstormings statt. Dem saloppen Thomas gegenüber gibt sich der Chef der Agentur salopp: »Wir würden auch für den Teufel arbeiten«, sagt er, »solange der nicht Waffen, Zigaretten oder Waschmittel herstellt.« Waffenwerbung machen sie aus Moral nicht, Waschmittel und Zigaretten nicht, weil man die nicht intelligent bewerben kann. Warum soll die Agentur nicht für die Kirche arbeiten.

Man scherzt: »Die will wenigstens keine Produkte loswerden, sondern nur ihr schlechtes Image!«

Thomas gehört nicht zu den ratlosen Kunden. Er hat genaue Vorstellungen. Der Kreativdirektor staunt: »So einen wie Sie könnten wir brauchen!« Es ist Januar. Ostern soll die Kampagne starten. Wann ist Ostern? Alle blättern. Da fängt es schon an: Am Anfang des Jahres weiß ohne Kalender kein Mensch, wann Ostern ist. Laut Statistik ahnt nur einer von 10 Tausend Christenmenschen den Grund, warum das hohe Kirchenfest so rätselhaft zwischen März und April hin- und herschwankt. »Kann eigentlich nur was mit dem Mond zu tun haben, wa?« sagte Frau Happe aus Wuppertal bei der Umfrage. Wann Weihnachten ist, weiß wenigstens jeder. Weihnachten ist ein Geschäft. Weihnachten hat ein Image. Aber ein negatives. Konsum, Konsum. Braucht ein neues. Ab Mitte September, zeitgleich mit der Auslieferung der Lebkuchen vom Groß- an den Einzelhandel, muß die Weihnachtskampagne anlaufen, sagt Thomas den Werbern. Eine Imagekorrektur. Aber jetzt ist erst mal Ostern dran. Ostern hat gar kein Image. Über Ostern stöhnt und höhnt man nicht einmal. Ostern ist völlig abstrakt. Was Ostern los war, weiß nur jeder fünfhundertste erwachsene Christenmensch. Bei Schulkindern ist die Ignorantenquote nicht ganz so hoch. Ostern hat keine Feinde. Ostern braucht ein griffiges Image. »Wir wollen keine Werbung direkt für die Kirche«, befiehlt Thomas, »das ist zu penetrant, sondern für die kirchlichen Feiertage. Wir schalten Anzeigen zu allen Feiertagen. Das ganze Jahr über.« Der Kreativdirektor strahlt. »Ostern braucht ein Profil! An die Arbeit!« ruft er, und ein Dutzend Art Direktoren und Texter gehen an ihre weißen Schreibtische. Sie sind alle schon seit Ewigkeiten aus der Kirche ausgetreten. »Wunderbar«, sagt Thomas, »dann haben sie die richtige Distanz.«

Vierzehn Tage später die erste Präsentation. Auf Wunsch des Erzbischofs findet die Vorstellung in den Räumen des erzbischöflichen Ordinariats statt. Zu siebt reisen die Agenturleute an. Auf Wunsch von Thomas ist die Kundenberaterin mit von der Partie. Diesmal mit einem langen Wollrock, der Thomas auch nicht gefällt. Der Erzbischof, sein Sekretär und Thomas sind zugegen. Die anderen Kirchenleute sind der Einladung nicht gefolgt. Die Werbeleute verlangen einen Overheadprojektor. Es beginnt die Verkündigung in Form von Schulkinderfragen: Was ist das Ziel der Kampagne? Antwort: Durch Profilierung Osterns das Profil der Kirche schärfen und ihre Akzeptanz erhöhen. Der Erzbischof nickt. Kirchenaustritte müssen gestoppt werden. In welchen Medien soll geworben werden? Antwort: Vorrangig Zeitschriftendoppelseiten und Plakatwände. Dabei will man dreigleisig fahren, um alle Schichten anzusprechen. Drei Kreativteams haben ganze Arbeit geleistet, wird stolz verkündet.

Das erste Team packt aus. Es definiert Ostern als Fest des Suchens. Stichwort Osterei. Sinn und Ei. Ei ist Sinn. Eiersuche ist Sinnsuche. Suche ist Sinn. Der Sinn des Suchens. Überlegenheit von Ostern gegenüber Weihnachten, dessen Sinn das schnöde Schenken ist. Ostern winkt das Glück des Findens. Eventuell der Slogan »Ich suche nicht, ich finde« – der Erzbischof spitzt anerkennend die Lippen. »Sind Sie wahnsinnig«, sagt Thomas zu den Werbeleuten, »der Spruch ist erstens Blödsinn und zweitens von Picasso!« Der Erzbischof verwandelt den Ausdruck seines Spitzmunds in ein wissendes Lächeln.

Das Auferstehungsteam breitet seine Text-Entwürfe aus: »Hand aufs Herz: Von den Toten auferstehen – wer hat noch nicht davon geträumt …« – »Weihnachten? Geschenkt! Geboren werden kann jeder, aber gen Himmel fahren ist einmalig. Nur bei uns. Die Katholiken.« Thomas tobt. Erstens ist Himmelfahrt etwas anderes als österliche Auferstehung, dann glauben die Protestanten auch an den Zirkus; im übrigen soll nicht auf Konfessionen herumgeritten werden. Obendrein führt er Gespräche mit der evangelischen Kirche. Kann gut sein, daß die sich an die Kampagne anhängen will. »Weiter!« sagt Thomas ungeduldig. Er weiß, daß man zu Werbeleuten streng sein muß, sonst verlieren sie jeden Sinn für ihren Auftrag.

Die Kundenberaterin vermittelt. Sie spricht seltsam schüchtern von einer Variante 2a, die das Team ausgearbeitet habe – eine Zumutung möglicherweise für den Kunden Kirche, aber wenn die Kreativteams mal in Fahrt sind … »Zeigen!« sagt Thomas. Auch die Variante 2a versucht Ostern von Weihnachten zu unterscheiden. Weihnachten wird von jeher als Fest der Liebe verkauft, Ostern wäre dann die Steigerung: Ein überscharfes Foto zeigt ein angenehm boshaft dreinblickendes, gerade von der Sklavin zur Domina mutierendes Mädchen mit Ringen in Nase, Ohr und Augenbraue. Sie hält in der Hand ein Büschel Palmblätter – wie eine Rute. Dazu die Spruchfolge »Ostern – Fest der Liebe, Fest der Triebe, Fest der Hiebe«. – Die Kundenberaterin räuspert sich. »Sie wissen, daß sich in extrem katholischen Ländern, in Peru zum Beispiel, die Gläubigen auspeitschen lassen«, sagt sie, »und da SM zur Zeit extrem in ist – und wir mit dem, was in ist, die meisten Leute erreichen – dachten wir, dachten wir …« Jetzt, wo sie verlegen ist, hört man, daß die Kundenberaterin aus der Schweiz kommt. SM – wie sie das ausspricht. Verkehrtherum. Die Betonung auf dem S. SM. Thomas findet ihre Sprache plötzlich aufregend und sexy. Die Bibel aus seiner Kindheit fällt ihm ein. Diese Bilder vom Kreuzweg und der Kreuzigung, so gräßlich, daß sie nicht berührten. Die Auferstehung eine reine Witzzeichnung. Aber Pfingsten war gut. Wie es da über den Häuptern der Apostel nicht ungeil züngelte! Thomas nimmt die Kundenberaterin beiseite. Simone heißt sie. Er probiert ihren Vornamen aus. »Simone, bei der zweiten Präsentation in drei Wochen möchte ich bitte schon ein paar Vorschläge zur Pfingstkampagne sehen. Sie wissen schon, der heilige Geist – und wie der züngelnd herniederkommt.«

Nun breitet als drittes das Osterurlaubsteam seine Vorschläge aus. Die Reiselustigen sollen erreicht werden. An einem Palmenparadiesstrand hält sich ein Glückspaar die Hände. Dazu folgende Textentwürfe: »Wenn Sie in den Ostertagen verreisen, denken Sie doch kurz daran, wem Sie das zu verdanken haben:

dem lieben Gott und seinem Sohn. Keine Gewerkschaft hat so viele freie Tage für Sie durchgeboxt wie die Kirche.« Das mit dem lieben Gott findet der fortschrittliche Thomas etwas dick. Aber die Beine der gebräunten Beauty gefallen ihm. »Die können sich ruhig leidenschaftlich umarmen«, schlägt er vor. Der Kreativdirektor weist darauf hin, daß bei diesem Anzeigentypus die Tourismusbranche Kosten abnehmen könnte.

Aber dazu kam es nicht. Der dicke Erzbischof starb unerwartet, sein Nachfolger blies die Kampagne sofort ab. Es hatte noch keinen Vertrag gegeben. Die Agentur war schon lange in den roten Zahlen gewesen und meldete Konkurs an. Das Modell, das am Palmenstrand posiert hatte, war eines der teuersten der Welt gewesen. Thomas von Cortona hat sein Theologiestudium gesteckt. Ostern hat noch immer kein Profil, aber am Karfreitag sind Thomas und die Kundenberaterin nach Madagaskar geflogen. Von dort haben sie Palmenstrandpostkarten an verschiedene Leute geschickt. Immer der gleiche Text: 1. Mose 2,9: »... allerlei Bäume, lustig anzusehen, und gut zu essen.«

Der blaue Hans-Bubi

Rania Durbtscheck

Es gibt schon komische Vögel. Einer von ihnen war Hans-Bubi, ein blauer Wellensittich. Manchmal war er nicht nur von blauer Farbe: Hans-Bubi hatte einen Hang zum Alkohol.

Hans-Bubis Menschen lebten in einer Gegend, wo man Bier trank, wenn man sich mit anderen Menschen an den Tisch setzte und glänzende Kartonstücke in dessen Mitte warf. An solchen Abenden war Hans-Bubi immer ganz aufgeregt, er flatterte so lange in seinem Käfig herum, bis man ihn herausließ. Und da er ein geselliger Vogel war, paßte er sich der Gepflogenheit seines Umfelds an: Zunächst nippte er vorsichtig am Bier, aber dann kam er auf den Geschmack, vor allem, als die Menschen das lustig fanden und ihn ermunterten, sich auf dem Glasrand niederzulassen und den Schnabel tief einzutauchen.

Irgendwann fand das die Frau, die immer mit einem fauchenden Rohr über den Boden strich, ehe die anderen kamen, nicht mehr komisch und schimpfte, daß seine Federn schon wieder überall herumflögen. Und so stellte sie ihm eines Tages etwas hin, das zwar wie Bier aussah – aber Apfelsaft war! Er nippte – und flog angewidert zeternd Richtung Küchenschrank und landete, da er in seiner Wut wohl nicht richtig aufpaßte, in etwas Weichem, das sonst dort nicht stand und in dem er sofort versank.

»Der Heringssalat!« schrie die Fauchrohr-Frau entsetzt, und die junge Frau, die ihn immer so schön am Kopf kraulte, verpaßte ihm ein Spülmittel-Bad. Für eine Weile schien er die Lust auf Bier verloren zu haben.

An Ostern kamen neue Menschen hinzu und blieben ein paar Tage. Abends lagen auf dem Tisch keine Kartonstücke, da standen blaue, rote, gelbe und grüne Figürchen, und die Menschen ließen ein Klötzchen lustig herumpoltern. Hans-Bubi war fasziniert: Er tobte - Federn verstiebend – im Käfig umher, bis er hinausdurfte. Energisch jagte er dem Klötzchen nach, tatkräftig arrangierte er die Figürchen nach seinen Vorstellungen um. Bis er ein kleines, flaches Schälchen auf kurzem Stiel erblickte: als Vogeltränke wie geschaffen.

Vorsichtig probierte Hans-Bubi. Belustigt warteten die Menschen auf sein Protestgeschrei ob des ziemlich scharfen Destillats, Weinbrand genannt. Aber Hans-Bubi hüpfte ungerührt wieder in Richtung Klötzchen – nur um nach Sekunden zur Vogelschnapsbar zurückzukehren! Ein tiefer Schluck. Und noch einer. Die junge Kopfkraul-Frau wollte Hans-Bubi abhalten, aber die Fauchrohr-Frau meinte: »Soll er doch morgen seinen Kater spüren! Dann läßt er das von selbst!«

Hans-Bubi pichelte, als hätte er jahrelang bei Asbach gearbeitet. Allmählich wurden seine Bewegungen langsamer. Gemessen schritt er irgendwann zur Tischkante, fixierte schwankend seinen zwei Meter entfernten Käfig, hob die Flügel, flatterte – und pflatschte auf den Fußboden. Sternhagelblau und flugunfähig. Man hob ihn auf und setzte ihn in seinen Käfig, wo er mit Mühe auf seinen Schlafplatz kletterte: Flügel hoch, Kopf drunter, einen Fuß hochgezogen, ein kurzes Schwanken und – zack! – klammerte sich der zweite Fuß wieder ans Holz, und der Kopf kam wieder hervor und blinzelte irritiert.

Drei weitere Versuche scheiterten genauso kläglich, und Hans-Bubi schlief die erste Nacht seines Lebens mit gerade herabhängendem Kopf und beiden Füßen auf der Stange.

Am Ostermontag spielten die Menschen abermals. Und auch Hans-Bubi, der seine Flugfähigkeit zurückgewonnen hatte, durfte wieder hinaus. Gespannt warteten die Menschen, ob er seine Lektion gelernt hätte. Nach ein paar Runden landete er auf dem Tisch, musterte kurz Klötzchen und Figürchen, sah sich um – und schnürte geradewegs zum Weinbrandglas!

Von da an ließ ihn die Frau mit dem Fauchrohr wieder am Bier nippen.

Vom Schaubrauch zum Showbiz

Birgit Brandau

»Die nächste Woche ist hier nichts zu denken noch zu tun, man muß dem Schwall der Feierlichkeiten folgen«, schrieb Goethe am 14. März 1788 in Rom. Daß die Hauptstadt des katholischen Glaubens gleich mit einem »Schwall von Feierlichkeiten« aufwartete, verwundert nicht: Ostern ist das älteste und vielerorts – vor allem in Osteuropa – zugleich das wichtigste christliche Datum, das dementsprechend begangen sein will. Auch wenn die offiziellen Kalender anderes besagten, galt es zudem sehr lange auch als Neujahrsfest. Somit ist nicht erstaunlich, daß die damit verbundenen Bräuche besonders vielfältig und von Ort zu Ort unterschiedlich sind. Hinzu kommt, daß Ostern bei uns in den Frühling fällt, so daß die Auferstehung und das Wiedererwachen der Natur in engem Zusammenhang gesehen werden und daß nach der stillen Karwoche ein fröhliches, teilweise sehr ausgelassenes Fest folgt – wie Goethe im Tagebuch seiner »Italienischen Reise« eine Woche später anmerkt:

»So eben steht der Herr Christus mit entsetzlichem Lärm auf. Das Castell [die Engelsburg] feuert ab, alle Glocken läuten, und an allen Ecken und Enden hört man Petarden [Feuerwerkskörper], Schwärmer und Lauffeuer. Um eilf Uhr Morgens.« Was der Dichterfürst in einer Mischung aus Verwunderung und Ironie registrierte (man vergleiche dazu seine Ostervariante, siehe Seite 132), geriet oft zum lärmenden, geradezu karnevalesken Treiben, und zwar keineswegs nur im sinnenfrohen Italien: Mit den österlichen Bräuchen ist immer auch eine ziemliche Portion Aberglaube verbunden, und gelegentlich nimmt dieser geradezu skurrile Züge an.

Der unausrottbarste und unverständlichste österliche »Aberglaube« ist allerdings jüngeren Datums. Da gibt es nicht nur die ominöse Göttin Ostara (siehe *Jackalope und Ostara*) und merkwürdige Vorstellungen zum Termin (siehe *Der unerklärliche Meister Lampe*), sondern auch zahllose andere obskure Überlegungen zu »heroischen« germanischen Traditionen.

Zum Beispiel die Osterfeuer. In einem 1995 erschienenen deutschen Kinderbuch heißt es etwa: »So ist das Abbrennen des Osterfeuers noch immer ein Gemeinschaftsfest, wie es in seiner ursprünglichen Form als Frühlingsfest der Germanen einmal entstanden war.« Als ob außer den Germanen keine einzige Kultur je auf die Idee gekommen wäre, im Feuer etwas anderes zu sehen als eine Quelle zum Heizen und Kochen ...

Altarfeuer waren in der Antike ein fester Bestandteil nahezu aller griechischen und römischen Kulte (um nur das sozusagen naheliegendste Beispiel zu nennen); in den christlichen Ritus hatte das Feuer bereits seit Jahrhunderten Eingang gefunden, als Bonifatius sich noch immer um die Missionierung der Germanen bemühte. Der römische Kaiser Konstantin der Große, der sich auf dem Sterbebett taufen ließ und durch seine Toleranz maßgeblich zur Ausbreitung des Christentums beigetragen hat, ließ im 4. Jahrhundert zu Ostern große Freudenfeuer abbrennen. Bezeugt sind kirchliche Osterfeuer auch in Jerusalem um 870. Ihr Ausbreitungsweg dürfte also von Süden nach Norden und nicht umgekehrt zu suchen sein.

Damit soll keineswegs behauptet werden, daß bei germanischen Kulten nicht gezündelt wurde, im Gegenteil: Indirekt ist das gerade durch Bonifatius überliefert. Ein Brief des Papstes Zacharias an Bonifatius aus dem Jahr 751 gilt als Beweis für eine Tradition germanischer Frühlingsfeuer. Doch als feste Ostersitte sind sie in Deutschland frühestens seit dem 15. Jahrhundert, sicherer erst ab dem 16. Jahrhundert belegt (nur ein einzelner Verweis datiert aus dem Jahr 1342). Als »germanisch-christliche« Kontinuität kann man das schwerlich bezeichnen. Vielmehr scheint auf der Hand zu liegen, daß erst mit der zunehmenden Verbreitung geschlossener Öfen das Abbrennen »nutzloser« Feuer im Freien als etwas Besonderes betrachtet wurde. Dennoch hält sich die Germanentümelei mitunter hartnäckig.

Bräuche speisen sich immer aus vielen Quellen, sie sollen ganz unterschiedliche Bedürfnisse befriedigen, und nur diejenigen, die sich stetig wandeln, bleiben wirklich lebendig. Das hat oft recht prosaische Ursachen, denn Bräuche sind häufig eine Frage von Angebot und Nachfrage. Ein hübsches Beispiel, wenn auch kein österliches, sind die Martinsgänse. Diese angeblich altehrwürdige Tradition resultiert aus einer gelungenen Verkaufsstrategie des Metzgerhandwerks – nicht unähnlich der moderner Floristen zum Valentinstag. Angesichts der nach Martini beginnenden vorweihnachtlichen Fastenzeit brauchte man ein finanzielles Polster für die kommenden verdienstlosen Wochen. Für die Bauern kam hinzu, daß Gänse angesichts des nahenden Winters dank ihrer Federn gleich eine doppelte Einnahmequelle boten. Hinter den Sitten einer Kultur steckt oft ein – ökonomisch betrachtet – erstaunliches Maß an Rationalität.

Auch auf Ostern bereitete man sich mit einer Fastenzeit vor, und auch das war nicht irrational: Die Vorräte des Winters gingen zur Neige. 1091 wurde ihre Dauer auf vierzig Tage festgelegt; genauer: vierzig Werktage plus sechs Sonntage. (Seit 1966 sind für Katholiken allerdings nur noch der Aschermittwoch und der Karfreitag verbindlich.)

Das war eine lange Zeit, und so sann man schon früh auf eine gewisse Linderung: Ein Sonntag in der Mitte der Fastenzeit, meist Laetare, der vierte Fastensonntag, wurde zum Festtag erklärt, an dem der Sommer eingeholt beziehungsweise der Winter vertrieben wurde. Solche Umzüge zum »Sommertag«, wie er in vielen Gegenden genannt wird, waren im gesamten deutschsprachigen Raum und darüber hinaus verbreitet. Ein Teil von ihnen ging auf mittelalterliche Pestumzüge zurück und vermischte sich mit anderen Bräuchen. Doch die Wurzeln sind wesentlich älter: So gibt es ein »Sommertags«-Lied aus Rhodos, das aus dem 2. Jahrhundert v. u. Z. stammt.

Heute wird der Sommertag vor allem in der Pfalz und am Neckar gefeiert. Allerdings handelt es sich dabei nicht um eine sonderlich alte Tradition. Nachdem der Sommertag aufgrund von Desinteresse und Verboten längere Zeit kaum noch begangen wurde, beschloß der »Gemeinnützige Verein« in Heidelberg 1893 seine Wiederbelebung. Andere Städte folgten, Neckarbischofsheim beispielsweise erst 1969, denn man hatte gemerkt, daß damit eine Ankurbelung des Fremdenverkehrs einhergehen konnte, wenn man ihn zum sogenannten Schaubrauch machte – nicht selten samt Markt und Sonntagsverkauf. (Man muß es den Volkskundlern nachsehen, daß sie folkloristische Beutelschneiderei zum »Schaubrauch« euphemisieren, sie hätten sonst ein paar Forschungsgegenstände weniger...)

In München ließen sich die Bierbrauer ein Gegenmittel zum fastenbedingten Kalorienmangel einfallen: die Starkbiersaison. Seit 1651 schenkte man auf dem Nockherberg zum Fest des heiligen Franz von Paula ein besonders gutes Bier aus, das im Volksmund schon bald nach einer Quelle der Brauerei »Salvator« genannt wurde. Um die Jahrhundertwende zogen die anderen Brauereien nach; seither hat München endgültig eine sechste Jahreszeit (die fünfte ist der Fasching) und seit der Teilnahme namhafter Politiker und Schauspieler einen weiteren fernsehvermarktungsträchtigen und damit tourismusfördernden Schaubrauch beziehungsweise Showbizbrauch.

Der Höhepunkt der vorösterlichen Zeit setzt traditionell mit dem Palmsonntag ein. Kirchlich gedenkt man des Einzugs Jesu in Jerusalem. Im Mittelalter wurde dieser mit entsprechenden Prozessionen verbildlicht; das wichtigste Requisit war dabei ein hölzerner Esel auf Rädern (gelegentlich auch ein echter), auf dem der Priester ritt. Im Lauf der Zeit nahmen die frommen Darbietungen offensichtlich immer mehr den Charakter einer allgemeinen Volksbelustigung an, so daß sich Kirche und Behörden schließlich genötigt sahen, das »Eselsfest« zu verbieten. Das stieß auf einigen Widerstand: In München konnte das Verbot beispielsweise erst durchgesetzt werden, nachdem auf Weisung der Obrigkeit 1806 dem Holzesel der Kopf abgesägt worden war.

Auf den fröhlichen Palmsonntag folgt die stille Karwoche. Der Name ist vom althochdeutschen *kara* – Sorge, Klage – abgeleitet, das im Englischen noch als *care* weiterbesteht. Die ersten drei Tage, der »faule Montag«, der »schiefe Dienstag« und der »krumme Mittwoch«, kennen kaum besondere Bräuche. Es sind ruhige Tage, an denen man sich auf Ostern vorbereitet und das Haus säubert. Wieso der Montag, an dem dieser Hausputz meist begonnen hat, als »faul« bezeichnet wird, ist ein großes Geheimnis. Ebenso unerfindlich ist, wieso in manchen Gegenden der Mittwoch als der Tag gilt, an dem Judas Selbstmord beging, während des letzten Abendmahls doch erst am folgenden Tag gedacht wird.

Über die Ableitung der Bezeichnung Gründonnerstag läßt sich wieder trefflich streiten. Neuerdings ist die Forschung aber zu dem Ergebnis gekommen, daß der Name weder mit früheren Formen von greinen noch mit dem althochdeutschen *grun* oder *grunni* – Verderben, Unglück – zu tun hat, sondern tatsächlich nur mit grün (für 1264 ist grüener donerstac belegt) und folglich mit dem Brauch, frische grüne Kräuter zu verzehren.

Kirchlich erinnert der Gründonnerstag an das letzte Abendmahl, die Fußwaschung und die weiteren Ereignisse auf dem Ölberg. In England heißt er daher *Maundy Thursday*, von *maundy* gleich Fußwaschung (unter *Royal Maundy* versteht man nun aber nicht etwa eine Reinigung königlicher Fortbewegungsgliedmaßen, sondern das Almosenverteilen durch die Gekrönten am selbigen Tag). Nach dem Gloria der Abendmesse am Gründonnerstag verstummen die Glocken: Sie »fliegen nach Rom« und kehren erst zum Gloria am Samstagabend wieder zurück. Ersetzt werden sie in dieser Zeit durch Ratschen und Klappern, die, meist von der Dorfjugend, zu den vollen Stunden und während der Gottesdienste betätigt werden.

Während diese »Rumpelmetten« mittlerweile recht selten geworden sind, findet der »Brauch« des Romausflugs offensichtlich zunehmend Anhänger: Jedenfalls legen das die Staus auf den Autobahnen nahe. Ostern ist heute die Zeit für den ersten Auslandsurlaub des Jahres. Wer nicht auf die letzten Schneereste erpicht ist, für den ist Italien mit seinem bereits fortgeschrittenen Frühling ein lohnendes Ziel. Nicht wenige verbinden dabei Vergnügen und Pilgerfahrt und ziehen nach Rom (was offensichtlich die Italiener vermehrt veranlaßt, nach Venedig zu fliehen).

Der Donnerstag vor Ostern spielte aber früher nicht nur im kirchlichen Leben eine wichtige Rolle, denn er war zugleich der Termin der Jahresabschlußrechnung im bäuerlichen Leben, an dem Pacht und Abgaben zu entrichten waren. Und er war ursprünglich auch ein Tag für Geschenke: Noch zu Goethes Zeit bekamen die Kinder am Gründonnerstag Ostereier und Geld von ihren Paten.

Der Gründonnerstag wie der folgende Karfreitag sind zugleich am stärksten mit Aberglauben behaftet. An erster Stelle stehen die Speiseregeln: Frische Kräuter, Salat und Gemüse sollten Kraft und Gesundheit bringen, ebenso Äpfel, Linsen, Hirse, ungesalzene Butter, Brezeln – und vor allem die an diesen Tagen gelegten Eier. Besonders wichtig war es, am Gründonnerstag Honig zu essen. Er schützte vor dem Biß giftiger Tiere und toller Hunde. Wer keinen Honig schleckte, lief zudem Gefahr, zum Esel zu werden oder zumindest Eselsohren zu bekommen. Und wer gar am Karfreitag Fleisch aß, würde die Hände voller Warzen bekommen und den ganzen Sommer über von Mücken gestochen werden. (Trinken zeitigte ähnliche Ergebnisse.) Kein Tier durfte an diesem Tag getötet werden, nicht einmal eine Fliege, denn seine Artgenossen würden sonst den Frevler das ganze Jahr über plagen. Einem Schlangenbiß auszuweichen war dagegen kein Problem: Man putzte am Karfreitag seine Schuhe und war gefeit (anderswo zogen allerdings geputzte Schuhe Ottern und Nattern magisch an). Und für Diebe war der Karfreitag ausgesprochen günstig: Wer dann stahl und dabei nicht ertappt wurde, konnte das ganze Jahr lang ohne Angst vor Entdeckung weiterklauen.

Auch wenn die Protestanten keine offiziell vorgeschriebenen Fastentage kennen, so sind doch für viele der Gründonnerstag und vor allem der Karfreitag aus Tradition fleischlose Tage. Eine berühmte Fastenspeise sind die schwäbischen Maultaschen. Allerdings werden sie – jedenfalls dem ursprünglichen Rezept nach – nicht völlig ohne Fleisch hergestellt, sondern dieses wird unter dem Nudelteig verborgen; weshalb der Volksmund Maultaschen denn auch folgerichtig als »Herrgottsbscheißerle« bezeichnet. Bei katholischen Schwaben, wo die Maultaschen ebenso beliebt sind, kennt man für diese Tage jedoch auch eine Variante, die wirklich nur mit Spinat und Kräutern und höchstens noch Frischkäse gefüllt wird.

Mindestens seit der ersten Hälfte des 4. Jahrhunderts ist Ostern auch die Zeit der Passionsspiele. Sie entwickelten sich vor allem in der Ostkirche; ihre Ursprünge reichen teilweise aber bis zu den griechischen Tragödien zurück. Während der Bildersturm der byzantinischen Kirche im 8. Jahrhundert diese Tradition zurückdrängte, verbreiteten sie sich in den folgenden Jahrhunderten vor allem in Mittel- und Westeuropa. Dabei wurden die Texte immer länger und die Darstellungen entsprechend üppiger. Das umfangreichste im deutschen Sprachraum war das 1514 aufgeführte »Bozener Passionsspiel«, das sich über sieben Tage erstreckte: Am Palmsonntag zeigte man den Einzug in Jerusalem, am Gründonnerstag folgten das Abendmahl und die Gefangennahme am Ölberg und am Karfreitag dann die eigentliche Passion. Der Karsamstag war der Klage der Maria und der Propheten am Grab gewidmet, am Ostersonntag war die Auferstehung das Thema und am Montag die Erscheinung Christi vor den Jüngern auf dem Weg nach Emmaus. Als letzten Teil stellte man schließlich die Himmelfahrt am entsprechenden Feiertag dar.

Im Vergleich zu französischen Aufführungen waren das aber geradezu Minispiele: Der Chorleiter von Notre-Dame in Paris schrieb bereits im 15. Jahrhundert eine Passion mit 34 574 Versen, in Mons (im heutigen Belgien) spielte man 1501 eine auf rund 40 000 Verse erweiterte Version davon, und 1547 zeigte man in Valenciennes eine Aufführung, die nicht weniger als 25 Tage dauerte. Höhepunkt dieser Entwicklung war das Spiel »Les Actes des Apostres«, das 40 Tage und 300 Darsteller in 496 Rollen benötigte. Es wurde 1536 in Bourges und 1541 in Paris aufgeführt. Nachdem 1542 in Paris ein noch umfangreicheres Spiel gefolgt war, sah sich die Stadt schließlich 1548 genötigt, ein Verbot der »Monstre«-Aufführungen zu erlassen, da während der Spielzeit das kommunale Leben nahezu zum Erliegen kam.

Große Karfreitagsprozessionen, die früher gleichfalls weit verbreitet waren, findet man heute überwiegend nur noch in Südeuropa. Zu den bekanntesten gehört die von Murcia (Spanien), bei der unter dumpfen Trommelschlägen ein riesiges Kreuz nachts durch die Stadt getragen wird.

Die Traditionen zum Karsamstag stehen nicht mehr so stark im Zeichen der Trauer. Für den Aberglauben ist es ein günstiger Tag: Da Christus in der Hölle predigt, sind alle bösen Geister dort versammelt, und man kann derweil das Haus gegen ihre Rückkehr verschließen – etwa indem man, wie in der Lüneburger Heide, ein Hufeisen an die Tür nagelt. Spätestens jetzt werden die Eier gefärbt. Die einfachste Methode ist ein Tauchbad, gelegentlich kommt dann noch ein Abziehbild drauf. Für die Eier, die gegessen werden, reicht das aus, nicht aber für jene, die das Haus schmücken sollen. Marmorieren, mit Wasserfarben bemalen, mit Fingerfarben betupfen, bekleben, nach Biedermeierart mit Gedichten beschreiben oder sie mit Wachsreserve-, Ätz- und Kratztechniken aufwendig verzieren – der Phantasie sind da keine Grenzen gesetzt.

Das Freudenfest Ostern beginnt in den meisten Gegenden mit dem Abendgottesdienst am Karsamstag. Dann sind die Glocken aus Rom zurück, und die Osterkerzen und häufig auch das Taufwasser werden geweiht. Letzteres geht darauf zurück, daß früher nur am Oster- und Pfingstsamstagabend getauft wurde; um die Gottesdienste attraktiver zu gestalten, haben manche Gemeinden heute diesen Brauch wiederbelebt.

Die meisten Osterfeuer werden gleichfalls an diesem Abend entzündet. Allerdings ist die Tradition nicht einheitlich, gelegentlich brennen sie bereits am Karfreitag oder aber erst am Ostersonntag – so beispielsweise die berühmten Feuerräder von Lügde in Westfalen. Auch die Feuer sind wieder mit einigem Aberglauben verknüpft, vor allem Fruchtbarkeits- und Gesundheitsvoraussagen. Die Höhe des Sprungs über das Osterfeuer zeigt beispielsweise an, wie hoch der Flachs wachsen wird. Wer bei diesem Sprung stolpert, hat schlechte Karten: Er wird binnen eines Jahres sterben.

Weit verbreitet ist der Brauch des Osterwasser-Holens. Im deutschsprachigen Raum vor allem müssen es die Frauen und Mädchen bei Sonnenaufgang am Ostersonntag aus einem Bach schöpfen; sie dürfen auf dem gesamten Weg unter keinen Umständen auch nur ein einziges Wort reden und häufig nicht einmal lachen, denn sonst verliert es seine Heilkraft und wird zum Plapper- oder Quasselwasser (wie war das mit der Verwandlung von Wasser in Wein?). Erheblich früher aufstehen müssen die Iren: Sie besorgen sich ihr *holy well* bereits mitten in der Nacht. Am bequemsten haben es die Bauern im Raum Bologna, denn dort wird das Osterwasser erst während des Gloria beim vormittäglichen Hochamt geholt.

Den ausgiebigsten Kontakt mit dem Osterwasser haben die jungen Mädchen in Polen. Ihnen versetzen die jungen Burschen am Ostermontag gleich einen veritablen Guß, der als Dyngus bezeichnet wird. Ob das Wasser dann die erhoffte gesundheitsfördernde Wirkung hat, ist zu bezweifeln. Angesichts der vor allem im europäischen Kontinentalklima zu dieser Jahreszeit noch recht niedrigen Temperaturen dürfte manches Mädchen eher Eiszapfen ansetzen und einen kräftigen Schnupfen davontragen. Trotzdem möchten die meisten dem Guß nicht entgehen – wer verschont bleibt, gilt als unbeliebt. In den Städten sind die Gefahren weitaus geringer. Dort wird nur noch ein bißchen Wasser verspritzt und dieses häufig zudem durch Kölnisch Wasser ersetzt.

Bei den Kindern ist der Ostersonntag naturgemäß der beliebteste Tag, denn nun bekommen sie ihre Ostereier; wobei die traditionellen gekochten Eier in der Gunst mittlerweile weit hinter jenen aus Schokolade, Marzipan und sonstigen Zuckerkombinationen zurückgeblieben sein dürften. Aber auch die Erwachsenen gehen nicht gerade leer aus. Vor allem in katholischen Gebieten folgt auf die Speiseweihe beim Gottesdienst meist ein üppiges Gelage. Ein polnisches Kochbuch nennt für das Osteressen bei einem Fürsten Mitte des 17. Jahrhunderts: »Da standen vier gewaltige Wildschweine, denn so viele Teile hat das Jahr; jedes Wildschwein hatte in sich Schweinefleisch, auch Schinken, Würste, Spanferkel ... zwölf Hirsche ... gefüllt mit Hasen, Birkhähnen, Trappen, Schneehühnern. Diese Hirsche stellten die zwölf Monate dar. Rundherum waren ellenlange Kuchen aufgestellt, so viele wie Wochen im Jahr... Außerdem gab es 365 Napfkuchen ... Jeder war mit Aufschriften und Schnörkeln verziert, so daß manch einer nur las und nicht aß. Was aber das Trinken anbetraf: Es gab vier Krüge, exemplum die vier Jahreszeiten, gefüllt mit Wein noch von König Stefan her. Tandem 12 silberne Kannen mit Wein von König Zygmunt, diese Kannen exemplum die 12 Monate. Tandem 52 ebenfalls silberne Fäßchen in gratiam 52 Wochen, und in ihnen war zypriotischer, spanischer und italienischer Wein. Weiter dann 365 große bauchige Flaschen mit Ungarwein ... Für das Hofgesinde aber 8700 Quart Met, das ist soviel wie Stunden im Jahr.« Angeblich handelte es sich bei diesem Gelage nicht einmal um einen besonders großen Empfang. (Übrigens: 365 x 24 = 8760; der Braumeister hoffte wohl auf mangelnde Rechenkünste des Gesindes und hat 60 Quart selbst geleert.)

Zu den ältesten und am weitesten verbreiteten Speisetraditionen gehört das Osterlamm, das auf das jüdische Passah-Lamm zurückgeht. Einerseits wetterte bereits Mitte des 9. Jahrhunderts der Reichenauer Abt Walahfrid Strabo gegen den Brauch, an Ostern neben oder unter den Altar Lammfleisch zu legen, andererseits wurde es am päpstlichen Hof im Rahmen besonderer Feierlichkeiten verzehrt. Schon früh wurde das Osterlamm auch mit allerlei Zauber verbunden, sein Blut wurde gesammelt und getrunken oder auf Türschwellen geschmiert (was unter anderem der griechische Patriarch Nerses im 12. Jahrhundert verdammte), die Überreste des Tiers dann unter Bäume oder in Brunnen geworfen, um eine reiche Ernte beziehungsweise eine nie versiegende Quelle zu gewährleisten.

Das Osterlamm taucht auch in Form zahlloser Gebildbrote auf, die häufig geweiht werden und denen (neben den Eiern, die vor allem für Fruchtbarkeit und Manneskraft zuständig sind) gleichfalls diverse Heil- und Zauberkräfte zugesprochen wurden: Wer Osterbrot ißt, dessen Wünsche gehen in Erfüllung; Hexen werden damit vertrieben wie auch Ungeziefer und Krankheiten. Eine witzige Sonderform ist der Osterwolf, gleichfalls ein Gebildbrot. Nach dem Zeugnis eines pommerschen Bäckers wurde 1451 ein Osterwolf an einen Zollbeamten geliefert.

Teilweise bis heute erhalten hat sich der Osterspaziergang am Montag, der – wenn das Wetter es zuläßt – mit Freunden und Verwandten unternommen wird. Seine biblische Begründung hat er im Gang der Jünger nach Emmaus. In den USA werden dazu veritable *parades* veranstaltet, bei denen die neue Frühjahrsmode und phantasievolle Hutkreationen präsentiert werden. Im deutschsprachigen Süden sind die Osterritte beliebt. Sie waren offenbar auch eine wichtige kommunikative Angelegenheit, denn in Bayern wurden sie zwischen 1803 und 1833 verboten, weil die Obrigkeit fürchtete, sie könnten in soziale Unruhen ausarten. Am bekanntesten ist heute der Traunsteiner Georgiritt zur Wallfahrtskirche von Ettendorf. Er reicht bis ins 18. Jahrhundert zurück – doch die uralte Tradition, die die örtliche Fremdenverkehrszentrale behauptet, hat er nicht. Angeblich »germanische« Elemente wurden, wieder einmal, erst in den dreißiger Jahren des 20. Jahrhunderts hinzugefügt. Was da heute gepflegt wird, ist nüchtern betrachtet wieder einmal eher Touristenattraktion als Brauchtum. Und in dieser Hinsicht ist der Georgiritt ja keineswegs ein Einzelfall: In Bayern wie auf Bali sind die Traditionen zur Kommerzfolklore verkommen, und kürzlich empfahl der Tourismusminister von Malaysia seinen muslimischen Landsleuten sogar, die dörflichen Beschneidungszeremonien zu vermarkten. Der Tübinger Volkskundler Hermann Bausinger hat das zugrundeliegende Phänomen in die griffige Metapher gefaßt: »Ruhpolding ist eigentlich überall.«

Auch das weltweit größte Osterspektakel ist eindeutig dem Medienzeitalter zu verdanken: Es findet statt, wenn der Papst am Ostersonntag den Segen urbi et orbi in Dutzenden von Sprachen per Fernsehkameras und unter dem jubelnden Beifall von zahllosen Touristen vom Petersplatz in Rom in alle Welt verbreitet. Womit sich der Kreis zum eingangs zitierten Goetheschen Staunen angesichts des Spektakels von der Engelsburg schließen dürfte.

Nikolausi

Gerhard Polt und Hanns Christian Müller

Sohn Nikolausi …

Vater Hehehe, der Kleine, hehe, nein, das ist nicht Nikolausi, das ist Osterhasi, hehehe hehe.

Sohn Nikolausi …

Vater Hehehe, nein, das ist nicht Nikolausi, weißt du, jetzt ist ja Frühling. Es ist ja jetzt nicht mehr Winter, hehehehe.

Sohn Nikolausi …

Vater He, nein, he, das ist Osterhasi, weißt du, Osterhasi mit den Öhrli, hehehe, der bringt Gaggi für das Bubele, hehehehe, jaja.

Sohn Nikolausi …

Vater He, nein, also nein, nein, weißt du, das handelt sich hier nicht um, äh, um, um Nikolausi, das ist Osterhasi, net, das ist ein Osterhasi, kein Nikolausi, gell?

Sohn Nikolausi …

Vater Ja also, nein, jetz hör doch mal zu, net, wenn ichs dir scho sag, das ist, es handelt sich hier nicht um ein Nikolausi, sondern um ein Osterhasi, net. Jetzt sieh das doch mal endlich ein.

Sohn Nikolausi …

Vater Ja also, ja Rotzbub frecher, ja wie soll ichs dir denn noch erklären, also so was nein, gleich schmier ich dir eine, net.

Sohn Nikolausi …

Vater Ja Herrschaftseitenmalefitz, jetzt widerspricht er ständig, net. Jetzt jetzt hör doch amal zu, wenn ich schon sag, äh äh Nik… … äh O… ähäh, das ist Osterhasi, net …

Sohn Nikolausi …

Vater Na, das ist kein Nikolausi, net, jetzt, also, wenn einer mal sich in einen Gedanken förmlich hineinverrennt, dann ist er ja wie vernagelt, net.

SOHN Nikolausi …

VATER *schreit* Ja, also so, ja also du Rotzbub, net, das ist ein Osterhasi, das ist kein Nikolausi, Osterhasi, verstanden, Osterhasi …

SOHN Nikolausi …

Osterspaziergang mit Goethe

Faust

Vom Eise befreit sind Strom und Bäche
Durch des Frühlings holden belebenden Blick;
Im Thale grünet Hoffnungs-Glück;
Der alte Winter, in seiner Schwäche,
Zog sich in rauhe Berge zurück.
Von dorther sendet er, fliehend, nur
Ohnmächtige Schauer körnigen Eises
In Streifen über die grünende Flur;
Aber die Sonne duldet kein Weißes,
Überall regt sich Bildung und Streben,
Alles will sie mit Farben beleben;
Doch an Blumen fehlt's im Revier,
Sie nimmt geputzte Menschen dafür.
Kehre dich um, von diesen Höhen
Nach der Stadt zurück zu sehen.
Aus dem hohlen finstern Thor
Dringt ein buntes Gewimmel hervor.
Jeder sonnt sich heute so gern.
Sie feiern die Auferstehung des Herrn,
Denn sie sind selber auferstanden,
Aus niedriger Häuser dumpfen Gemächern,
Aus Handwerks- und Gewerbes-Banden,
Aus dem Druck von Giebeln und Dächern,
Aus der Straßen quetschender Enge,
Aus der Kirchen ehrwürdiger Nacht
Sind sie alle an's Licht gebracht.
Sieh nur, sieh! wie behend sich die Menge
Durch die Gärten und Felder zerschlägt,
Wie der Fluß, in Breit' und Länge,
So manchen lustigen Nachen bewegt,

Und bis zum Sinken überladen
Entfernt sich dieser letzte Kahn.
Selbst von des Berges fernen Pfaden
Blinken uns farbige Kleider an.
Ich höre schon des Dorfs Getümmel,
Hier ist des Volkes wahrer Himmel,
Zufrieden jauchzet Groß und Klein:
Hier bin ich Mensch, hier darf ich's sein!

WAGNER
Mit euch, Herr Doctor, zu spazieren
Ist ehrenvoll und ist Gewinn;
Doch würd' ich nicht allein mich her verlieren,
Weil ich ein Feind von allem Rohen bin.
Das Fiedeln, Schreien, Kegelschieben,
Ist mir ein gar verhaßter Klang;
Sie toben wie vom bösen Geist getrieben
Und nennen's Freude, nennen's Gesang.

Wenn das Wasser Balken hat, wenn Stege und Geländer über den Fluß springen: wahrlich, da findet keiner Glauben, der da spricht: »Alles ist im Fluß.«

Sondern selber die Tölpel widersprechen ihm. »Wie?« sagen die Tölpel, »alles wäre im Flusse? Balken und Geländer sind doch *über* dem Flusse!«

»*Über* dem Flusse ist alles fest, alle die Werte der Dinge, die Brücken, Begriffe, alles ›Gut‹ und ›Böse‹: das ist alles *fest*!« –

Kommt gar der harte Winter, der Fluß-Tierbändiger: dann lernen auch die Witzigsten Mißtrauen; und wahrlich, nicht nur die Tölpel sprechen dann: »Sollte nicht alles – *stille stehn*?«

»Im Grunde steht alles stille« –, das ist eine rechte Winter-Lehre, ein gut Ding für unfruchtbare Zeit, ein guter Trost für Winterschläfer und Ofenhocker.

»Im Grund steht alles still« –: *dagegen* aber predigt der Tauwind!

Der Tauwind, ein Stier, der kein pflügender Stier ist – ein wütender Stier, ein Zerstörer, der mit zornigen Hörnern Eis bricht! Eis aber – – *bricht Stege*!

O meine Brüder, ist *jetzt* nicht alles im *Flusse*? Sind nicht alle Geländer und Stege ins Wasser gefallen? Wer *hielte* sich noch an »Gut« und »Böse«?

»Wehe uns! Heil uns! Der Tauwind weht!« – Also predigt mir, o meine Brüder, durch alle Gassen!

Osterspaziergang mit Tucholsky

Faust
Vom Eise befreit sind Strom und Bäche
durch des Frühlings holden, belebenden Blick;
das deutsche Volk zahlt des Krieges Zeche,
und keiner bringt das Verlorene zurück.
Die alten Monarchen, in ihrer Schwäche,
zogen sich in die Versenkung zurück.
Von dorther senden sie, fliehend nur,
ohnmächtige Schauer körniger Reden.
Und sie beschuldigen jeder jeden,
und schütten Memoiren auf die Flur.
Überall regt sich Gärung und Streben.
Alles will sich mit Rot beleben.
Doch an Blumen fehlts im Revier.
Nehmt kompromittierte Führer dafür!
Kehre dich um, von diesen Höhen
auf das Land zurück zu sehen.
Aus dem hohlen, finstern Tor
dringt ein buntes Gewimmel hervor.
Jeder sonnt sich heute so gern:
die Kriegsgesellschaft, der Stahlkonzern,
denn sie sind wieder auferstanden
aus Reklamierungs- und andern Banden,
aus niedriger Häuser dumpfen Gemächern,
aus dem Druck von mitunter beschossenen Dächern,
aus der Straßen quietschender Enge,
aus der Kirchen ehrwürdiger Nacht
sind sie wieder ans Licht gebracht.
Sieh nur, sieh! wie behend sich die Menge
durch die Dörfer zum Hamstern schlägt.
Mancher bezieht manchmal etwas Senge,

weil er zu wenig Geld hinlegt.
Hier fühl ich wahrhaft mich erhoben:
Was kümmert uns ein verlorener Krieg!
Amerikanisches Mehl wird verschoben –
nur der Schieber reitet den Sieg!
Hätten wir nur genug zu essen,
wär das Alte mit Gunst vergessen;
Ludendorffen entbieten wir Huld …
Keiner ist schuld! Keiner ist schuld!
Ich höre schon des Dorfs Getümmel,
hier ist des Volkes wahrer Himmel.
Zufrieden jauchzt die Reaktion:
Keine Angst! sie vergessen schon!

WAGNER
Mit euch, Herr Doktor, zu spazieren
ist ehrenvoll und ist Gewinn;
Doch würd ich nicht allein mich hier verlieren,
weil ich ein Feind von allem Rohen bin.
Das Schreien und Sozialisieren
ist mir ein gar verhaßter Klang;
das will ja nur das Volk verführen –
uns Reichen wird ganz angst und bang.
Wir wollen wieder die alten Zeiten,
wir wollen wieder die Menge leiten –
Zufrieden jauchzt dann Groß und Klein:
Ich bin kein Mensch! Ich darfs nicht sein!

Kaninchendiät am Weinsberger Kreuz

Hartmut Schickert

Hasenbraten! Ich liebe Hasenbraten! Gespickt, mit Rotwein und Wacholder und etwas Johannisbeergelee in der Sauce! Ja, ja, jetzt höre ich sie schon wieder protestieren, die Tierfreunde und Naturschützer (»Sooo niedlich, und *du* willst sie schlachten!«), aber mal ehrlich: Hier in diesem Buch hoppeln doch genug davon herum, also kann ich doch wohl mal ein paar davon wenigstens auf dem Papier verdrücken, oder?

In Wirklichkeit könnte ich das jetzt ja gar nicht, denn Meister Lampe hat gerade Schonzeit, und er hat sie auch dringend nötig. Da müssen wir uns schon an seine Cousinen und Cousins, die Wildkaninchen, halten, welche aufgrund ihrer überaus großen Fruchtbarkeit ganzjährig gejagt (und mithin guten Gewissens auch gegessen) werden dürfen. Paradoxerweise haben wir mit unserem Um- und Verbau der einheimischen Natur ihnen ideale Refugien geschaffen, in denen sie sich ungestört von ihren Hauptfeinden, den Menschen, vermehren können: die Grünflächen inmitten des Fahrbahngewirrs der Auf- und Abfahrten, Kreuze, Kleeblätter und Dreiecke entlang unserer Autobahnen.

Angefangen hat das Ganze nach Augenzeugenberichten Ende der sechziger, Anfang der siebziger Jahre entlang des Rhein-Main-Schnellwegs (heute A 66) zwischen Frankfurt am Main und Wiesbaden. In Heerscharen hockten da auf den grasbewachsenen Freiflächen der Abfahrten Wallau, Erbenheim und sogar Mainzer Straße (mitten im Wiesbadener Stadtgebiet!) die Pioniere einer neuen Karnickel-Daseinsform, mümmelten hoch aufgerichtet friedlich vor sich hin und betrachteten neugierig den 17-Uhr-Stau. Ganz schön schlau: Sie hatten binnen kurzem herausgefunden, daß sie hier seelenruhig alle Vorsichtsmaßnahmen vergessen konnten, solange die nie abreißende

Blechkarawane sie vor Füchsen und Menschen schützte. Irgendwie muß sich das schnell unter ihren Artgenossen herumgesprochen haben, denn heute ist dieses neuartige Verhalten überall entlang unseres Autobahnnetzes anzutreffen. Was wie ein Widerspruch klingt, ist eine Frage der Perspektive: Der moderne Fernstraßenbau hat zu neuen ökologischen Nischen in der Kaninchenevolution geführt. Glücklicherweise sind die besagten Grünflächen aber meist nicht völlig von der Umgebung abgeschirmt, denn sonst sähe es schlecht für die einmal irgendwie hineingelangten Kaninchen aus.

Dazu eine Denksportaufgabe: Nehmen wir an, Sie hätten ein schönes großes Wiesengrundstück voller Gras, Wildblumen, Kräutern und so weiter und einer kleinen Quelle zur gelegentlichen Frischwasserversorgung – ein richtiges Karnickelparadies. Außen herum ist eine stabile, hohe Mauer gezogen, damit kein Fuchs, keine Katze, kein Mensch hinein und kein Kaninchen hinaus kann. Da hinein setzen Sie nun im zeitigen Frühjahr einen Rammler mit den üblichen zwei, drei Häsinnen. Wie viele Kaninchen leben, schätzen Sie, Ende Oktober auf Ihrem Wiesengrundstück? Grübeln Sie ruhig eine Weile über dieser Frage, und schauen Sie vorn (*Der unerklärliche Meister Lampe*) die Vermehrungsraten nach. So. Nun: Wie viele?

Keins.

Schon lange vor Ende Oktober ist das letzte gestorben. Weil es nichts mehr zu fressen fand. Viele andere sind schon vor ihm verendet, aus Hunger sowie an Krankheiten und Seuchen, die sich in der dichtgedrängten Überpopulation rasend schnell ausgebreitet haben. Kahl ist der Boden des gesamten Grundstücks, nicht ein Hälmchen wächst mehr.

So geht es allen sich zu rasch vermehrenden Spezies, wenn sie die Wachstumsgrenzen ihrer ökologischen Nische erreicht haben und kein natürlicher Feind sie dezimiert. Denken Sie gelegentlich daran, daß die sich ebenfalls allzu rasch vermehrende Spezies *Homo sapiens* mittlerweile auch die Wachstumsgrenzen ihrer ökologischen Nische, der Erde, erreicht hat. Wer noch immer gegen

Geburtenkontrolle ist wie jene Herren in Rom, die am Ostersonntag die Stadt und die ganze Welt zu segnen pflegen, der muß in Kauf nehmen, daß es uns irgendwann genauso ergeht wie den Kaninchen in meiner Denksportaufgabe.

Deren Überbevölkerung könnte man ja nun entgegenwirken, indem man sie rechtzeitig aufzuessen beginnt (wie gesagt, ich liebe Hasenbraten, und Wildkaninchen schmecken fast genauso gut). Das könnte aber gefährlich werden. Die nächste Denksportaufgabe:

Nehmen wir an, Sie haben am Weinsberger Kreuz eine Autopanne und können Ihren Wagen nur auf einer Grünfläche im Innern des Fahrbahnlabyrinths abstellen. Zurück in die Welt der Menschen führt kein Weg mehr, der Verkehr braust 24 Stunden am Tag um Sie herum. Sie wissen genau: Erst mit dem gleichzeitigen Ferienbeginn in Nordrhein-Westfalen, Rheinland-Pfalz, Hessen und Baden-Württemberg in einem Vierteljahr wird der nächste stabile Stau sich hier einstellen, so daß Sie Ihr unfreiwilliges Gefängnis unter freiem Himmel verlassen können. Da entdecken Sie zu Ihrer Freude nicht nur eine kleine, saubere Quelle, sondern auch Hunderte von handzahmen Kaninchen. Im Auto liegt die Campingausrüstung mit dem Fahrtenmesser, gut gefüllten Gaskartuschen und dem Koffergrill. Nun gut, denken Sie, die Diät wird ein bißchen einseitig, aber ich könnte sowieso ein bißchen abnehmen. Wie wird es Ihnen ein Vierteljahr später bei Ferienbeginn ergehen?

Sie sind tot. Obwohl Sie ausreichend frisches Wasser hatten und soviel Fleisch essen konnten, wie Sie wollten, sind Sie an einem Phänomen gestorben, das »Kaninchen-Auszehrung« heißt; so nannten es die Eroberer des nordamerikanischen Kontinents, die diese Lektion von den einheimischen Indianern lernten. Der amerikanische Anthropologe Marvin Harris zitiert einen von ihnen, einen gewissen Vilhjalmur Stefansson:

»Wechselt man plötzlich von einer normal fetthaltigen Nahrung zu einer Diät über, die ausschließlich aus Kaninchenfleisch besteht, ißt man in den ersten paar Tagen immer größere Portionen, bis man nach etwa einer Woche drei- oder viermal soviel Pfunde Fleisch verzehrt wie zu Anfang der Woche. Um diese Zeit treten dann auch sowohl Hungersymptome wie Anzeichen von Proteinvergiftung auf. Man ißt unzählige Male; jedes Mal fühlt man sich danach noch hungrig; es ist einem unwohl, weil der Magen mit zuviel Nahrung überladen ist, und man spürt sich von einer unbestimmten Unruhe ergriffen. Nach sieben bis zehn Tagen setzt Durchfall ein, von dem einen nur der Genuß von Fett befreien kann. Nach einigen Wochen ist man tot.«

Das Problem besteht darin, daß das Fleisch von Wildkaninchen, Hasen und vielen anderen wildlebenden Pflanzenfressern einfach zu mager ist, sein Fettanteil beträgt nur 3% oder weniger. (Domestizierte Schlachttiere hingegen weisen einen Fettanteil von durchschnittlich rund 30% auf.) Wenn man so mageres Fleisch pur, ohne sonstige kalorienreiche Fett- oder Kohlehydratbeigaben ißt, wird die gesamte Proteinmenge zur Energiebedarfsdeckung benötigt, und es bleibt nichts mehr zum Aufbau und Erhalt des eigenen Körpers übrig. Überdies kommt es zu Mangelerscheinungen bei solchen Vitaminen (A, D, E, K), die wir nur in Fett gelöst uns zuführen und verwerten können. Und schließlich bewirkt der Verzehr von Proteinen pur erhebliche Störungen des Stoffwechsels, der Körper fügt sich sozusagen selbst eine schwere Eiweißvergiftung zu.

Überleben könnten Sie Ihren vierteljährigen Aufenthalt inmitten des Weinsberger Kreuzes also nur, wenn Sie noch etwas zur Nahrungsergänzung hätten, wenn beispielsweise jedes zweite Exemplar der dort hockenden Langohren ein Schokoladenosterhase wäre (sie werden allerdings an deutschen Fernstraßen höchstens dann gesichtet, wenn zur passenden Jahreszeit ein Süßwarenlaster umkippt).

Ja: was wäre, wenn man in der gegebenen Situation keine lebenden Wildkaninchen, aber zehn Tonnen Schokoladenosterhasen zur Verfügung hätte? Von Auszehrung könnte in diesem Fall nicht die Rede sein. Um auf die für Erwachsene mittleren

Alters empfohlene Menge von 50 g (Frauen) bis 60 g (Männer) Eiweiß pro Tag zu kommen, müßte man 940 g bis 1125 g Bitterschokolade beziehungsweise 625 g bis 750 g Vollmilchschokolade essen. Das wären dann 3290 kcal bis 5700 kcal. Benötigt werden aber bei leichter körperlicher Tätigkeit nur 2000 kcal (Frauen) beziehungsweise 2400 kcal (Männer). Diese Rechnung sieht bei weißer Schokolade, die aus Kakaobutter hergestellt wird, und selbst bei Diabetikerschokolade nicht viel anders aus. Neue, um einige Nummern größere Kleidung müßte also eingeplant werden.

Falls man dazu noch in der Lage ist. Denn die Versorgung mit Mineralstoffen und Vitaminen entspricht so gut wie nie dem Bedarf. Anhänger von Bitterschokolade bekämen beispielsweise zuwenig Kalzium und Vitamin B_2, dafür aber viel zuviel Magnesium, Eisen und Vitamin E. Vollmilchgenießer wären dagegen (aufgrund des hohen Milchanteils) mit Kalzium und Vitamin B_2 über- und mit Magnesium unterversorgt. Entscheidender ist aber, daß die Vitamine A, B_{12} und C gar nicht oder nur in zu geringen Spuren enthalten sind. Vitamin-A-Mangel kann zur Erblindung führen, der von Vitamin B_{12} zu perniziöser Anämie (schwerer Blutarmut), Nervenkrankheiten und psychotischen Erscheinungen.

Am gravierendsten und schnellsten spürbar dürfte der Mangel an Vitamin C sein. Davon benötigt man etwa 75 mg pro Tag, doch Bitterschokolade enthält gar kein Vitamin C und selbst Vollmilchschokolade nur Spuren davon. Auch wenn der Zahnausfall, die gängigste Folge des Skorbuts, zunächst noch durch das Lutschen statt Kauen der Osterhasen zu kompensieren wäre, dürfte die Lebenserwartung kaum höher als bei der »Kaninchendiät« liegen, weil man jeder Infektion schutzlos ausgeliefert ist. Der einzige »Vorteil« wäre, daß sich die Gewichtszunahme dank des ebenfalls zum Skorbut gehörenden Gewichtsverlusts und Muskelschwunds rapide verlangsamen würde. Von der aphrodisischen Wirkung, die der Schokolade nachgesagt wird, hätte man in jedem Fall nichts mehr …

Jackalope und Ostara

Birgit Brandau

Meister Lampe selbst ist ja schon unergründlich genug, sein bizarrster Vetter aber (welchen Grades, haben die Genetiker noch nicht klären können) ist der amerikanische Jackalope. Die scheue Spezies lebt angeblich ausschließlich im US-Bundesstaat Wyoming. Da die Bestände drastisch reduziert sind, andererseits die Einheimischen aber ihre wichtigste Touristenattraktion nicht verlieren wollen, sind die Jagdbestimmungen streng: Eine Lizenz wird nur an Auswärtige vergeben; unabdingbare Voraussetzung ist ein IQ von mindestens 50, höchstens aber 72 Punkten; der Kandidat muß versprechen, absolut nüchtern zu bleiben und sich jeglichen Jägerlateins zu enthalten (die Stunden nach der Jagd sind davon ausgenommen); lediglich ein Jackalope darf pro Person zur Strecke gebracht werden, die zweischwänzige Varietät überhaupt nicht; Jagdsaison ist zwischen 30. Juni, 24:00 Uhr und 31. Juni, 02:00 Uhr. Das Unterfangen führt ohnehin nur selten zum Erfolg, denn die scheuen Tiere zeigen sich meist nur in dunklen Nächten vor Unwettern.

Noch in den dreißiger Jahren waren die Jackalopes eine Plage, so daß sie heftig verfolgt wurden: In zahlreichen Bars, Restaurants und Geschäften in Wyoming hängt ein Jackalope-Kopf als Jagdtrophäe an der Wand. Gibt man eine Runde aus, erzählen die Einheimischen gern die Geschichten und Legenden, die sich um den Jackalope und seinen Entdecker ranken, den Trapper Roy Ball, der 1829 das erste Exemplar sichtete.

»Moment«, werfen da die Freunde aus Colorado ein, »bis auf das Entdeckungsjahr 1829 ist das alles falsch. Aufgespürt hat ihn nicht Roy Ball, sondern George McLean, gleichfalls Trapper, aber in Colorado, und bei uns ist das Tier auch bis auf den heutigen Tag heimisch!«

Dieser Streit um die wissenschaftliche Ehre der Erstentdeckung kann vom fernen Deutschland aus nicht entschieden werden, allerdings konnte ich bei meiner letzten Exkursion nach Colorado im Jahr 2005 fotografisches Bildmaterial beschaffen, das eindeutig das Vorkommen des Jackalope auch in diesem Bundesstaat belegt. Was nicht weiter verwundert, da Wyoming und Colorado aneinandergrenzen und beide von den Rocky Mountains durchzogen sind, also durchaus vergleichbare Habitatqualitäten aufweisen. (Nicht auszuschließen ist daher, daß die Spezies auch im weiter nördlich gelegenen Montana verbreitet ist.) Für die wissenschaftliche Seriosität der Jackalope-Forscher beider Staaten spricht allerdings, daß sie trotz der Konkurrenzsituation zu erstaunlich deckungsgleichen Ergebnissen kommen.

Wie der Name schon sagt, handelt es sich beim Jackalope um eine Kreuzung von Hase und Antilope (von *jackass*, Eselhase, und *antelope*). Der Vierfüßler hat im wesentlichen den Körperbau eines Hasen mit sehr langen Ohren (eben den des daher so genannten Eselhasen), und der gelegentlich ins Rotwildhafte spielende Kopf trägt noch vor den Ohren stangenartige, sich verzweigende Hornauswüchse, die den europäischen Betrachter am ehesten an ein Reh erinnern.

Die ausgestellten Exemplare weisen meist kein Antilopengehörn auf, sondern das Geweih eines kleinen einheimischen Hirsches (*buck*); die Experten streiten noch, ob es sich dabei um eine Subspezies handelt (den sogenannten Buckajack) oder ob die volkstümliche Namengebung von Anfang an falsch war. Lokale Tierpräparatoren stellen jedoch für die Zukunft vermehrt Anschauungsmaterial für den echten Jackalope in Aussicht.

Don Miller von »Wyoming Wildlife« hat als erster die Art wissenschaftlich klassifiziert und ihr den Namen *Leporidae odocoileus falsus fraudulentus sharpus* gegeben. Ihm zufolge erreicht der Jackalope die unglaubliche Spitzengeschwindigkeit von 90 Meilen pro Stunde (knapp 150 km/h), die sich aus den 60 Meilen der Antilope und den 30 Meilen des Eselhasen addiert. Das Tempo erleichtert die Jagd bei Nacht: Dank der Reibungshitze mit der Umgebungsluft zieht ein fliehender Jackalope einen Feuerschweif hinter sich her. Erfahrene Jäger kalkulieren die Zeit zwischen dem Sichten und dem finalen Blattschuß exakt, um gleich vorherbestimmen zu können, ob die Beute beim Einsacken englisch, medium oder gut durchgebraten sein soll.

Die ungewöhnlichste Eigenschaft des scheuen Hybriden ist jedoch seine Fähigkeit, die menschliche Stimme zu imitieren: Cowboys berichteten, ihre nachts am Lagerfeuer gesungenen Lieder seien wie von ihrer eigenen Stimme von nahegelegenen Berghängen wieder an ihr Ohr gedrungen, und sie machten den einen oder anderen melancholisch gestimmten Jackalope dafür verantwortlich. Daß sich Jackalopes in besonderen Nächten sogar zu ganzen Chorälen versammeln, wurde von Experten jedoch ins Reich der Fabel verwiesen.

Biologen halten das Gehörn des Jackalopes für eine evolutionsgeschichtliche Abwehrstrategie: Während Grillen- und Heuschreckenplagen in Wyoming wurden die Jackalopes besonders stark von Kojoten dezimiert, ihren natürlichen Freßfeinden. Daraufhin bildete eine Teilpopulation der einheimischen Hasen Hörner aus. Allerdings nicht als Waffe gegen die Kojoten: Vielmehr setzten sich die Grillen und Heuschrecken den Hasen in solchen Mengen auf die Ohren, daß diese herabhingen, die bedauernswerten Tiere nichts mehr hörten und so hinterrücks von Kojoten überwältigt werden konnten. Das Geweih bot den lästigen Insekten eine stabilere und bequemere Sitzmöglichkeit, so daß die Ohren wieder ihrer ursprünglichen Zweckbestimmung dienen konnten und die neue Spezies sich erfolgreich durchsetzte. (Zugleich erklärt dies, warum sie heute wieder so selten ist: Grillen- und Heuschreckenplagen sind in letzter Zeit in Wyoming nicht aufgetreten.)

Nachfragen deutscher Kryptozoologen ergaben, daß ihren Kollegen in Wyoming nichts von der Existenz des Wolpertingers im deutschsprachigen Alpenraum bekannt ist. Dank der Wyoming State Library wurden erste Kontakte geknüpft, um in bilateralen internationalen Bemühungen aufzuklären, ob die vielen auffälligen Parallelen zwischen den beiden Hybridspezies vielleicht auf tiefer reichende Ursachen zurückzuführen sind.

Neben dem Wolpertinger kennt man in Mitteleuropa noch eine weitere unausrottbare Phantasiegestalt. Sie hat eine noch engere Verbindung zu Ostern, soll sogar die Namensgeberin im Englischen und Deutschen gewesen sein. Felix Dahn (»Ein Kampf um Rom«) hat ihr im 19. Jahrhundert ein schwülstiges Gedicht gewidmet:

Gute Göttin, du vom Aufgang,
gabenreiche, du bist da!
Und wir grüßen dich mit Andacht,
gute Göttin Ostara!

Ihre Popularität in Deutschland verdankt sie Jacob Grimm, der Germanenseligkeit des 19. Jahrhunderts und vor allem jener der Nationalsozialisten. Gefunden hatte der renommierte Mythenforscher Grimm die Göttin in den Schriften des englischen Benediktiners Beda Venerabilis (um 672/73–735), der als Begründer der angelsächsischen Geschichtsschreibung und einer der bedeutendsten Gelehrten des frühen Mittelalters gilt. Keine schlechte Adresse also, aber merkwürdig war schon, daß Ostara oder Eostra, wie sie bei Beda heißt, nur noch in einer einzigen weiteren Quelle vorkommt. Es handelte sich bei letzterer um ein althochdeutsches Schlummerlied aus dem 9. Jahrhundert, das um 1850 auftauchte – frisch aus der Feder eines Herrn Zappert, der sich einen Scherz erlaubt hatte und dessen Kenntnisse des Althochdeutschen immerhin so profund waren, daß man es zunächst für echt hielt. Doch auch die Entlarvung schreckte einige nicht ab, jeden noch so an den Haaren herbeigezogenen Beweis für die Existenz eines Ostara-Kults anzuführen (zum Beispiel Namensverbindungen mit Oster-) und sogar Einzelheiten zu benennen wie die, daß der Hase ihr heiliges Tier oder sogar ihr Götterbote und Eier ihr Lieblingsopfer gewesen seien.

Selbst in der Nazizeit kamen Forscher also nicht mehr

umhin, sie als »umstritten« zu bezeichnen; und sie kompensierten das, indem sie sie sodann eiligst mit der römischen Aurora (die kurzerhand als »indogermanisch« subsumiert wurde) oder der lettischen Austra in eine Reihe stellten, um sie doch noch irgendwie für den germanischen Götterhimmel und als Namensgeberin eines vorchristlichen, altgermanischen Frühlingsfests zu retten.

Vollends merkwürdig aber ist, daß nach 1945 nicht die Göttin verschwand, sondern das Attribut »umstritten«: »Ostara, german. Erd- und Frühjahrsgöttin«, lautet der Eintrag im »Neuen Brockhaus« von 1959, und auch die Taschenbuchausgabe von 1970 hält unverändert daran fest. Erst die von 1992 bringt endlich Aufschluß: »Ostara [ags. Eostra], von Beda Venerabilis zur Erklärung der Bez. ›Ostermonat‹ für April erfundene angelsächs. Frühlingsgöttin.« (Man beachte die feinen Unterschiede zwischen germanisch und angelsächsisch!) Damit ist Ostara ad acta gelegt, auch wenn sie wie ein Wolpertinger weiterhin durch die österliche Literatur geistert, weil offenbar die schlichte Ableitung von Osten, beziehungsweise *aus*- für Morgenröte, manchen zu prosaisch erscheint. Interessant ist in diesem Zusammenhang, daß woanders die enge Verbindung mit dem Passahfest erhalten geblieben ist: Pasqua (italienisch), Pâques (französisch), Pasen (holländisch) und sogar Paske, Poschen, Posse oder Pasche (niederdeutsch). Letzteren Begriff kennt der »Duden« allerdings nur als Verb, das würfeln, klatschen oder schmuggeln bedeutet.

Drei Hasen

Christian Morgenstern

Drei Hasen tanzen im Mondschein
im Wiesenwinkel am See:
Der eine ist ein Löwe,
der andre eine Möwe,
der dritte ist ein Reh.

Wer fragt, der ist gerichtet,
hier wird nicht kommentiert,
hier wird an sich gedichtet;
doch fühlst du dich verpflichtet,
erheb sie ins Geviert,
und füge dazu den Purzel
von einem Purzelbaum,
und zieh aus dem Ganzen die Wurzel
und träum den Extrakt als Traum.

Dann wirst du die Hasen sehen
im Wiesenwinkel am See,
wie sie auf silbernen Zehen
im Mond sich wunderlich drehen
als Löwe, Möwe und Reh.

Häschen in der Grube

Janosch

Häschen in der Grube
Saß und schlief,
Saß und schlief.
Armes Häschen, bist du krank,
Daß du nicht mehr hüpfen kannst.
Häschen hüpf!

Häschen in der Stube
Saß und schlief,
Saß und schlief.
Müdes Häschen, siehst du nicht,
In deiner Küche brennt noch Licht.
Häschen spring!

Häschen in der Grube
Saß und schlief,
Saß und schlief.
Liebes Häschen, spring und lauf,
Der Fuchs frißt deine Suppe auf.
Häschen hüpf !

Häschen in der Tüte
Saß und schlief,
Saß und schlief.
Dummes Häschen, merke doch,
Die Tüte hat ein großes Loch.
Häschen hüpf !

Im Park

Joachim Ringelnatz

Ein ganz kleiner Has' stand am ganz kleinen Baum
Still und verklärt wie im Traum.
Das war des Nachts elf Uhr zwei.
Und dann kam ich um vier
Morgens wieder vorbei,
Und da träumte noch immer das Tier.
Nun schlich ich mich leise – ich atmete kaum –
Gegen den Wind an den Baum,
Und gab dem Has' einen ganz kleinen Stips.
Und da war er aus Gips.

Der Pfingstspatz

Franz Hohler

Viel weniger bekannt als der Osterhase ist der Pfingstspatz. Er legt allen Leuten am Pfingstsonntag ein Grashälmlein auf den Fenstersims, eines von der Art, wie er es sonst zum Nestbau braucht. Das merkt aber nie jemand, höchstens ab und zu eine Hausfrau, die es sofort wegwischt.

Der Pfingstspatz ärgert sich jedes Jahr grün und blau über seine Erfolglosigkeit und ist sehr neidisch auf den Osterhasen, aber ich muss ehrlich sagen, das mit den Eiern finde ich auch die bessere Idee.

Lieber Besuch

Sabine Friedrich

Henriette und Richard Fahrensdorff hatten ihre Ankunft für Karfreitagnachmittag angekündigt.

»Papa fährt selbst«, hatte Henriette am Telefon betont, »obwohl ich ja finde, daß er eigentlich schon ein bißchen zu alt ist für so weite Strecken. Aber er *besteht* darauf. Mit dem Zug müßte man viel zu häufig umsteigen, sagt er. Weil Neuendorf eben nicht an einer *Hauptstrecke* liegt.« Dann hatte sie aufgelacht, als hätte gerade jemand einen Scherz gemacht.

Doris Bering, geborene Fahrensdorff, hatte keinen Scherz erkennen können. Daß sie, die Hamburgerin, in der allerfinstersten fränkischen Provinz gelandet war, in einer Gegend, die man noch nicht mal bequem mit dem Zug erreichen konnte – war das vielleicht Anlaß zu silberheller Heiterkeit? Mitnichten. Aber entgegnen ließ sich natürlich nichts. Das, dachte Doris erbittert, gehörte zu den unumstrittensten Fertigkeiten ihrer Mutter: Das Messer in der Wunde mit dermaßen großäugiger Unschuld umzudrehen, daß das Opfer sich nicht einmal traute, irgendwas dagegen einzuwenden.

Die Fahrensdorffs jedenfalls saßen jetzt schon im Auto. Wahrscheinlich würden sie unterwegs in mehrere Staus geraten, aber selbst im günstigsten Fall würden sie spätestens gegen drei Uhr ankommen. Und das bedeutete selbstverständlich, daß eine Kaffeetafel gedeckt werden mußte. Eine Kaffee*tafel*, wohlgemerkt. Mit Blumen, Kerzen in Kükenform, kleinen Osterhäschen aus Porzellan, ausgeblasenen Eiern an Birkenzweigen, rankenbesticktem Tischtuch und dazu passenden Osterservietten. Ein einfacher Kaffeetisch reichte keinesfalls. Wenn das Ganze nicht aussah, als hätten die Vorbereitungen mindestens einen halben Tag in Anspruch genommen, fühlte Henriette Fahrensdorff sich nicht geliebt. Und wenn Henriette Fahrensdorff sich nicht geliebt fühlte, dann würde sie das ganze Osterwochenende ruinieren.

Nicht daß es da noch viel zu ruinieren gab. Denn was hatte Bertram gesagt, als sie bei ihm Trost suchte? Hatte er sie erstens bedauert und ihr zweitens vorgeschlagen, über Ostern nach Ischia zu entfliehen? Absolut nicht.

»Deine Eltern kommen – wie nett!« hatte Bertram gesagt, und dann hatte er seine Pfeife ergriffen und war in den Wald gegangen. War es das, was man sich von einem einfühlsamen Partner wünschte? Sie hatte nicht einmal mehr wutschnaubend aus dem Zimmer stürzen können. Und später hatte sie natürlich ihre Migräne bekommen.

Nicht daß dergleichen Bertram beeindruckte. Bertram, das wußte niemand besser als Doris, war so leicht zu beeindrucken wie ein Betonblock. Er war von einer geradezu sagenhaften Dickfelligkeit.

Aber, so konnte Doris ihre Mutter seufzen hören, was ließ sich schließlich auch anderes erwarten von einem Menschen, der gegen Geld anderer Leute Haustiere umbrachte?

»Er bringt sie nicht um, Mama, er schläfert sie ein!«

»Wo ist denn da der Unterschied, Doris? Ich *bitte* dich!«

Henriette hatte es immer erstaunlich gefunden, daß eine ihrer Töchter sich ausgerechnet mit einem Tierarzt verheiraten sollte – Veterinärmediziner, Mama! Es heißt Veterinärmediziner –, einem Tierarzt zudem, der vor vier Jahren plötzlich beschlossen hatte, die Praxis seines Vaters zu übernehmen und von Hamburg fort in dieses fränkische Bauernkaff zu ziehen.

Nein, Henriette hatte sich Doris gegenüber nie sonderlich freundlich über Bertram geäußert. Aber der Hohn bei der Geschichte war, daß Bertram und sie trotzdem prima miteinander auskamen. Das sagte Bertram. »Ich weiß gar nicht, was du willst. Ich jedenfalls komme mit deiner Mutter immer ganz prima aus.«

Was ihn allerdings nicht daran hinderte, mitten von der familiären Kaffeetafel weg in den nächsten Stall zu rennen und dort einer kalbenden Kuh in der Scheide oder wie immer man das bei Rindern nannte herumzuwühlen, die Ärmel bis zur Schulter hochgekrempelt und das Gesicht rot und verschwitzt. Und hinterher hatte er die Hose voll Rinderblut – zu Henriette Fahrensdorffs fasziniertem Entsetzen.

»Nein, was für ein *Kerl* dein Mann ist, Doris! Also dein *Vater* wurde ja fast ohnmächtig, als Angelas Katze damals unter dem Sofa ihre Jungen bekam, weißt du noch?«

Und Doris' Vater, der Hamburger Gymnasiallehrer für alte Sprachen a. D., nickte und lächelte fein. Und Bertram, der Trottel, lachte laut auf, auf seine gutmütig-tumbe Art, und merkte noch nicht mal, daß seine Schwiegermutter ihn mit ihrer Schmeichelei zum Höhlenmenschen, zum Barbaren, zum Mammutjäger degradierte.

Doris' Blick fiel auf die Uhr. Die Uhr stand auf dem Kaminsims im Speisesaal und war nur etwa einen Zentimeter breit und zwei hoch, aber es war eine richtige Uhr. Und sie zeigte fünf Minuten nach zehn. Wenn sie Kuchen backen wollte, dann wurde es allmählich Zeit. Sie mußte Kuchen backen.

Sie mußte die Kaffeetafel decken. Und das Besondere-Essen-für-unseren-ersten-Abend-bei-euch vorbereiten. Sie mußte aufräumen. Putzen. Betten im Gästezimmer beziehen. Statt dessen schob sie den neuen Queen-Anne-Tisch einen halben Zentimeter weiter nach rechts, damit er genau mittig unter dem Kronleuchter stand. Tagelang hatte sie an dem Möbel gearbeitet, praktisch in jeder freien Minute, und gestern abend war es endlich fertig geworden. Nun stand es im großen Speisesaal, ein wahres Schmuckstück. Doris trat einen Schritt zurück, um den Effekt zu begutachten.

Die gediegenen Mahagonimöbel spiegelten sich im Hochglanz des Parketts. Die schweren Samtvorhänge (Ton in Ton mit der Damasttapete) waren zugezogen, und im Schein der dreiarmigen Leuchter funkelten Weinpokale und Porzellan. Doris' Brust entrang sich ein Seufzer. Der Speisesaal war wirklich prachtvoll geworden.

Das Puppenhaus, das die gesamte Westwand des Dachbodens einnahm, war das perfekte Duplikat eines englischen Landsitzes. Es verfügte über zwanzig Zimmer, über Türmchen, Terrassen, Erker, Balustraden und einen Park. Efeu rankte sich an den Mauern empor. Rosenrabatten umrahmten den Gartenpavillon. Es gab Gemüsegärten, Kaninchenställe und Treibhäuser, und im Schilfrohr des Teichs nisteten tatsächlich Enten. Auch innen sah alles täuschend echt aus: Die Küche mit den winzigen Einmachgläsern, kupfernen Kuchenformen und den Terrakottafliesen, die Doris alle selber verfugt hatte, der Wintergarten mit Palmen, Farnen, Azaleen und Pelargonien aus hauchdünnem bemalten Metall, das Herrenzimmer mit seinen Lederfolianten, alten Stichen und Tabakpfeifen ... Doris' Blick fiel erneut auf die Uhr auf dem Kaminsims. Gleich halb elf. Es hatte ja alles keinen Sinn. Sie mußte endlich einkaufen gehen.

Im Vergleich mit Doris' Villa kam Bertrams Haus schlecht weg. Objektiv betrachtet war es allerdings gar nicht so übel: ein weißes Einfamilienhaus aus den fünfziger Jahren, das wahrscheinlich sogar recht hübsch gewesen wäre, wenn irgend jemand von Zeit zu Zeit aufgeräumt, geputzt und vielleicht auch mal ein paar neue Sachen gekauft hätte. Die Möbel nämlich stammten zum großen Teil noch aus Bertrams Junggesellenwohnung und aus der ersten Zeit ihrer Ehe. Sie waren heruntergewohnt und paßten nicht richtig, weder zum Haus noch zueinander. Doris hatte immer wieder geplant, einmal alles ganz neu einzurichten. Aber irgendwie war es bislang nicht dazu gekommen, und inzwischen war es ihr ziemlich egal.

Inzwischen kaufte sie lieber Möbel für die Puppenvilla. Die Villa verschlang viel Geld. Es war ein teures Hobby.

Im Erdgeschoß lagen Küche, Wohn-, Eß- und Gästezimmer, im ersten Stock Schlafzimmer, Bertrams Arbeitszimmer, das Bad und ein weiterer Raum, der aber leerstand. Oder eigentlich nicht leer. Eher schon lebensgefährlich voll. Er enthielt alles, was Bertrams Vater bei seiner überstürzten Abreise nach Südspanien zurückgelassen hatte, und das war eine Menge gewesen, wobei ein nicht unbeträchtlicher Teil aus ausgestopften Mardern, Hirschgeweihen, präparierten Singvögeln mit Glasaugen und luftgetrockneten Fledermäusen bestanden hatte. Doris nannte den Raum die Pathologie.

Wer die Tür zur Pathologie öffnete, riskierte es, von rutschenden Gegenständen erschlagen, aufgeschlitzt oder zu Tode erschreckt zu werden, aber glücklicherweise war dergleichen höchst unwahrscheinlich. Nachdem nämlich der letzte alte Stuhl, das letzte Familienbild, die letzte Fasanenfeder hineingestopft worden war, hatte Doris aufatmend den Schlüssel im Schloß umgedreht und ihn sodann in eine Küchenschublade geworfen, zwischen alte Gummibänder, leere Tesafilmrollen und mit Einkaufszetteln bekritzelte Briefumschläge.

Hinfort blieb die Pathologie sich selbst überlassen.

Die Wärme unter dem Dach war mal wieder irreführend gewesen. Draußen war es kühler, als Doris angenommen hatte. Fröstelnd zog sie die alte Strickjacke um ihre Schultern. Zu Hause lief sie meist in uralten Kleidern herum, in abgewetzten Jogginganzügen, irreparabel verfleckten T-Shirts, an der Ferse heruntergetretenen Turnschuhen. Sie besaß kaum noch andere Sachen. Sie war ja meistens zu Hause.

Die Luft roch nach Erde. Frau Schöpflein nebenan hatte die Kieswege säuberlich gerecht, die Steinplatten frisch entmoost und die Bank vor dem Haus frisch gewaschen. Bei Birchenbachers auf der anderen Seite blühten die Tulpen, Narzissen und Osterglocken, wie es sich gehörte: österlich leuchtend und soldatengleich ausgerichtet, und auch die ersten Gartenzwerge waren schon aus ihren Höhlen gekrochen.

Der Vorgarten der Berings hatte keinen Kiesweg, sondern eine Art Trampelpfad. Er hatte keine Beete, keine Osterglocken und keine Gartenzwerge, und woher die drei, vier Tulpen kamen, die sich mutig durch das braungelbe Unkraut des Vorjahres kämpften, konnte Doris sich auch nicht erklären. Doris machte keine Gartenarbeit. Sie verabscheute Gartenarbeit fast noch mehr als Fensterputzen, Kochen und Bettenmachen. Nur Heizkörper abschrubben war noch schlimmer – aber auf eine solche Idee war sie natürlich schon lange nicht mehr gekommen.

Das einzige Grundstück im Umkreis, das sich in puncto Verwahrlosung mit dem Beringschen messen konnte, war das gegenüber. Aber dort würde demnächst wohl ein anderer Geist einziehen, so hatte Frau Frühauf vom Laden an der Ecke zu berichten gewußt.

Als Doris den Laden endlich verließ, war es zehn vor zwölf. Panik überfiel sie. In wenigen Stunden kam Henriette. Henriette und Richard. Es würde nicht gutgehen.

Aber vielleicht doch. Vielleicht wurde diesmal alles anders. Wenn sie ihre Mutter ein wenig verwöhnte – wenn sie sich wirklich Mühe gab, wenn sie einfach alles ganz leichtnahm, wenn Richard sich wohlfühlte – wer konnte wissen! Vielleicht würde es dieses eine Mal *nett* werden!

Sie mußte aufräumen. Und sich anständig anziehen. Kuchen backen. Betten beziehen, Eier färben, Birkenzweige klauen, Abendessen vorbereiten (sie hatte Markklößchensuppe, Bœuf Stroganoff und Zitronencreme geplant, nicht zu einfallslos hausbacken für Henriette, nicht zu unbürgerlich und exotisch für Richard), und die Küche sah jetzt schon aus wie nach einem Bombenangriff.

Aber wie entsetzlich lästig das alles war!

Sie hätte viel früher anfangen müssen. Sie hätte nicht wieder soviel Zeit vertrödeln dürfen. Jetzt kam es darauf an, alles genau zu durchdenken. Strategisches Vorgehen. Perfekte Planung, früher hatte sie das gekonnt. Es kam darauf an, jeden überflüssigen Handgriff zu vermeiden, keine Sekunde Zeit zu verschwenden, es einfach hinter sich zu bringen, wie einen Zahnarzttermin. Hoffentlich kam wenigstens Bertram nicht so bald wieder von seinem Trimm-dich-Pfad zurück! Andererseits mußte er natürlich vor der Ankunft ihrer Eltern noch duschen und sich umziehen. Wie widerwärtig das ganze Leben doch war!

Henriette und Richard Fahrensdorff klingelten um halb vier. Netterweise waren sie tatsächlich in all die Staus hineingefahren, auf die Doris sich verlassen hatte, und kamen eine Stunde später als angekündigt. Aber die Berings waren trotzdem nicht fertig. Doris öffnete ungekämmt. Bertram war noch im Bademantel.

Aber das machte ja nichts! Henriette schüttelte mädchenhaft lachend den frisierten Kopf und ignorierte dabei aufs entschiedenste Bertrams weiße Stachelbeerbeine, die unter dem fleckigen Bademantel herausragten wie etwas, das man über den Winter in den Keller gesperrt hatte. Das machte doch *überhaupt* nichts, man war doch Familie, und Hauptsache war doch, daß man nun heil und wohlbehalten *angekommen* war – Doris nickte. Die Fahrensdorffs waren angekommen, daran gab es keinen Zweifel. Niemand sonst auf der Welt kam dermaßen großflächig an.

Doris sah Bertram nach, der die Treppe hinaufeilte, um sich Hosen anzuziehen, und spürte, wie ihr Optimismus sich verflüchtigte.

Dabei war Henriette ja lediglich froh darüber, jetzt hier zu sein! Und das sagte sie eben, war das denn verkehrt? Sie war froh, wirklich so froh, *endlich* mal wieder wegzukommen aus Hamburg. Schon wegen des Wetters! Denn *natürlich* regnete es in Hamburg und hier war es ja tatsächlich strahlend, und Papa liebte ja mehr die Marsch und das flache Land, und sie mochte das auch, aber *war* diese fränkische Landschaft nicht ganz zau-ber-haft, diese Hügel, so *lieblich*, so unglaublich *idyllisch*, fast wie im Rheinland – Henriette war enthusiastisch.

Das passierte ihr häufig, und solange Doris denken konnte, hatte sie die entsprechenden Textstellen in Gedanken kursiv gesetzt, *kursiv*. Zu verstehen war das als ein Akt der Notwehr. Henriettes Enthusiasmus erinnerte an die schmerzliche Eindringlichkeit gewisser dentalmedizinischer Geräte.

Heute mußte es besonders schlimm gewesen sein, wie Doris aus einem Blick auf ihren Vater schloß. Entlang Richard Fahrendorffs Scheitel hatten sich merkwürdige Strukturen gebildet, die aussahen wie die nassen Flaumen eines etwas mitgenommenen Huhns. Das kam daher, daß Henriettes Gatte unter Streß die Strähnen seines schon schütteren Haupthaars zu Würmchen zu drehen pflegte, die sich dann (wegen der Haarcreme, mit der er sie morgens am Schädel befestigte) nicht wieder ganz aufdrehten.

Jetzt stand Richard im Flur, versuchte sein Gefieder anzulegen und wartete darauf, daß jemand ihm sagte, wo er die Koffer hintragen sollte. Drei Koffer. Drei Koffer und eine ganze Reihe von kleinen Beuteln unbestimmbaren Inhalts, außerdem Schirme, Schuhe und ein Korb mit Osterdeko-Artikeln – »weil du doch so etwas sicher nicht hast, Kind, und deine *dumme alte Mutter* legt halt so viel Wert auf diese kitschigen Sachen, sie bringen einen doch erst in die richtige Stimmung, weißt du noch, damals Weihnachten, wo ihr uns *eingeladen* hattet, und es gab keinen Baum, nicht einmal einen Weihnachtsstrauß, oh Gott *Doris*, mach nicht so ein Gesicht, du wirst mir das jetzt doch nicht übelnehmen, das ist doch längst vorbei, nein und wie schön du den Tisch gedeckt hast, da soll Papa doch gleich meinen Osterschmuck wieder in den Wagen tragen, ach danke, Bertram, das ist so nett von dir, ich hätte den Korb auch *wirklich* gar nicht mitnehmen sollen, aber jetzt schaut mal, was wir euch mitgebracht haben, wir haben gedacht, dann muß Doris diesmal nicht kochen, und das muß auch alles heute gegessen werden nach der warmen Fahrt« – Doris starrte auf die Kieler Sprotten, den Hamburger Aal, den Norwegerlachs und die in Lake schwimmenden Krabben. Sie dachte an ihre Markklößchensuppe und ihr Bœuf Stroganoff. Sie sah zu, wie Henriette Fahrensdorff in ihre Küche eilte, um alles hübsch anzurichten und *appetitlich* zu machen, und dann setzte sie sich einfach auf einen Stuhl.

Es war ja nicht so, daß sie ihre Eltern nicht mochte. Sie hatte so gute Vorsätze gehabt. Sie hatte sich sogar um Vorfreude bemüht, und beim Zitronenpressen vorhin hatte sie tatsächlich angefangen, leise vor sich hin zu pfeifen.

Langsam stand Doris auf und folgte ihrer Mutter in die Küche. Henriette schob bereits die erste kalte Platte in den Kühlschrank, ordentlich mit Folie überzogen, der Teufel mochte wissen, wo sie die gefunden hatte. Ohne etwas zu sagen, stellte Doris die Suppe mitsamt Kochtopf in die Tiefkühltruhe. Die Plastiktüte mit dem vorgeschnittenen Fleisch warf sie hinterher. Die vorgeschnittenen Zwiebeln kippte sie in den Müll. Die Zitronencreme konnte bleiben. Zitronencreme vertrug sich mit Räucherfisch.

»Und dort mittendurch wollen sie jetzt die ICE-Trasse legen, mitten durch dieses herrliche Stück Natur! Es ist eine Unverschämtheit und eine Dummheit. Plötzlich besinnt man sich darauf, daß Franken und Thüringen in der Mitte Deutschlands liegen, aber anhalten sollen die Züge hier nicht, sie rattern nur durch, und wir dürfen ihnen nachschauen.«

»Bertram denkt schrecklich gern, Neuendorf sei der Nabel der Welt«, sagte Doris. »Er läßt sich nicht einmal von der Bundesbahn eines Besseren belehren.« Aber weder Bertram noch ihre Eltern hörten ihr zu.

Sie erhob sich, um unauffällig den Kaffeetisch abzuräumen. Ihr Vater würde ihr dankbar sein für ein Bier. Er hatte den ganzen Nachmittag fast nichts gesagt, aber das war nicht ungewöhnlich: Si tacuisses ... nicht wahr? Wenn Richard Fahrensdorff sprach, dann würzte er seine Rede gern mit lateinischen oder altgriechischen Zitaten, gewohnheitsmäßig. Henriette konnte diese Marotte nicht ausstehen.

Richard, ich bitte dich, verschone uns mit deinen *Fossilien!* Kein Mensch versteht ein *Wort* von dem, was du sagst! – Vor allem verstand Henriette nichts. Wollte Richard ihr vielleicht das Gefühl geben, sie sei dumm, nur weil sie nicht studiert hatte?

Nein, das wollte Richard Fahrensdorff bestimmt nicht. Es

war ganz einfach so, daß er die alten Sprachen, die alten Schriftsteller liebte, und deshalb gelang es ihm beim besten Willen nicht, sich das Zitieren gänzlich abzugewöhnen. Folglich hielt er in Henriettes Beisein meistens den Mund. Er haßte Auseinandersetzungen mit seiner Frau. Sie waren ihm über alle Maßen lästig. So war er mit den Jahren immer wortkarger geworden, tatsächlich eine Art Rarität, dachte Doris, ein schweigsamer Lehrer.

Und das einzige, was den Bann brach, war der Alkohol.

Wenn Richard Fahrensdorff trank – es mußte nicht einmal viel sein –, dann wuchs ihm der Mut eines römischen Feldherrn zu. Dann scherte er sich nicht mehr um Henriette oder ihre Verbote, dann sprach er, als stünde er auf dem Forum Romanum. *Quamvis sint sub aqua sub aqua maledicere temptant!* hatte er sie einst, nach einer denkenswerten Weihnachtsfeier, angedonnert. An deiner Stelle würde ich mich jetzt mal ein bißchen beherrschen, meine Liebe! Im Altertum hättest du als mein Weib noch nicht mal einen eigenen Vornamen gehabt!

Doris mußte bei der Erinnerung grinsen. Sie öffnete das Bier, suchte einen Steinkrug, füllte eine Schale mit Erdnüssen – und hielt unschlüssig inne, das Tablett in der Hand. Mußte sie denn sofort wieder reingehen? Vielleicht konnte sie doch für einen Moment unters Dach verschwinden, nur ein paar Minuten, nur, um wieder zu Atem zu kommen?

»*Doris!* Doris, wo steckst du denn, bist du etwa schon wieder bei deinem Puppenhaus? Komm doch runter, Kind, wir wollen *wenigstens* noch mal raus in den Garten gehen, bevor es kalt wird!«

Henriettes Stimme klang gleichzeitig durchs Treppenhaus und das geöffnete Dachfenster herein. Doris schloß einen Moment die Augen. Sie wußte genau, was jetzt kommen würde. Und sie haßte sich dafür, daß sie das Unvermeidliche fürchtete.

»– aber dann könntet ihr euch doch einen *Gärtner* nehmen«, hörte sie Henriette schon vom Wohnzimmer aus sagen. »Birchenbachers und Schöpfleins legen doch solchen Wert auf ihre Gärten, nun ja, vielleicht übertriebenen Wert, aber alles *dermaßen* runterkommen zu lassen – ach, da bist du ja, Doris. Ich *sagte* gerade. Also – wenn ich an Hamburg denke, an deine Balkonkästen! An die Kletterpflanzen!«

»Doris will nun mal keinen Gärtner«, antwortete Bertram. Doris hätte ihn am liebsten erschlagen. »Sie sagt, sie mag keine fremden Leute im Haus. Deswegen will sie ja auch keine Putzfrau.«

»Dabei könntest du wirklich eine brauchen«, sagte Henriette. »Von allem anderen mal abgesehen, müßten die Küchenschränke wirklich dringend mal innen ausgewischt werden. Ich meine, Unordnung ist ja nicht so schlimm, aber richtiger *Schmutz* –« Sie schüttelte den Kopf. »Wenn ich daran denke, wie es früher bei dir war! Alles immer blitzblank, wie geleckt, man hätte vom Fußboden essen können –«

»Henriette«, sagte Richard Fahrensdorff leise. Henriette holte Luft. »Nicht, daß es mich etwas angeht«, sagte sie nach einem Moment, »aber –«

»Du hast völlig recht, Mutter«, sagte Doris, ohne die Stimme im geringsten zu erheben. »Es geht dich überhaupt nichts an, wie hier die Schränke aussehen, oder das Bad oder der Garten oder der Kühlschrank, oder was immer du noch zu überprüfen gedenkst.«

Mit Kommentaren zum Garten hatte sie ja gerechnet. Aber die Küchenschränke! Mit welcher Hingabe, in welch furioser Eile hatte sie vor wenigen Stunden die Küchenschränke geschrubbt (aber nicht von innen! Natürlich nicht von innen)!

»Gott Kind, aber warum bist du denn gleich wieder so scharf! Ich habe doch *nur* gesagt, Bertram sollte dir eine Putzfrau zahlen, ich mache dir die Schränke doch sauber, ich mach das doch gern, ich weiß ja genau – oh Gott, warum bist du nur immer gleich so *aggressiv!*« Henriette hatte Tränen der Kränkung in den Augen.

Sie machte es also wieder. Es war wieder alles wie immer. Sie kritisierte einen in Grund und Boden, und wenn man sich wehrte, dann bog sie das Ganze so hin, daß man selbst als hundsgemeiner Übeltäter dastand.

»Ich verstehe wirklich nicht, warum du deine Mutter immer so anschreien mußt«, sagte jetzt Richard Fahrensdorff vorwurfsvoll.

Ausgerechnet Richard fiel ihr in den Rücken. Richard, der doch seit Jahrzehnten selbst unter dieser besonderen Art Gemeinheit litt! Der doch genau gehört hatte, was Henriette gesagt hatte!

»Schließlich meint sie es ja nur gut mit dir, Doris. Und ich muß sagen, es ist wirklich nicht sehr sauber hier. Das Fenster da oben«, und er zeigte an der Hauswand hinauf auf das Fenster der Pathologie, »ist blind vor Dreck. Wahrscheinlich habt ihr da immer noch euer Gerümpel?« Er schüttelte den Kopf.

»Bertram hat gesagt, er mistet aus«, verteidigte sich Doris. »Was kann ich denn dafür, wenn er es immer wieder verschiebt?«

»Bertram«, sagte ihr Vater in jenem milde belehrenden Tonfall, mit dem der Studiendirektor a. D. Dr. Richard Fahrensdorff früher besonders hoffnungslose Schüler zu peinigen pflegte, »ist schließlich ein vielbeschäftigter Mann. Er ist im Gegensatz zu dir berufstätig. Er kann erwarten, daß du sein Haus in Ordnung hältst.«

»Genau. Ich bin ja bloß das blöde Weibchen. Die Haustussi, die noch nicht mal mehr Sauberkeit hinkriegt. Aber warum? Warum habe ich keinen Beruf mehr? Doch nur, weil dein Bertram mich in dieses Nest verschleppt hat! Aber du hältst natürlich zu ihm. Zumindest, seit wir verheiratet sind! – Hast du Bertram mal erzählt, was du vorher so über ihn gesagt hast? Einen ungehobelten Kerl hast du ihn genannt! Und einen Ignoranten!«

Henriette weinte jetzt laut.

Richard sagte zu Bertram: »Du wirst mit Doris genausowenig fertig wie ich mit Henriette.« Er sagte es ernst und nachdenklich.

Er *meinte* es.

Doris war fassungslos.

Bertram sagte nichts.

Er hatte natürlich die ganze Zeit nichts gesagt. Jetzt holte er die Hand aus der Tasche und begann mit seiner Pfeife zu spielen. Gleich würde er sich verdrücken, soviel war klar.

»Ich, äh, denke, ich sollte dann doch noch mal zu Klein rübergehen«, sagte er, legte die Stirn in besorgte Falten und wedelte mit dem Pfeifenstiel durch die Luft. »Wegen seiner beiden Kühe, ich habe ihnen gestern zwar Spritzen gegeben, aber –« Doris gedachte nicht, ihn ausreden zu lassen.

»Ja, unbedingt«, sagte sie eisig. »Unbedingt mußt du zu Klein rübergehen und nach seiner Kuh sehen. Vielleicht solltest du bei der Gelegenheit gleich um ihren Huf anhalten. Wenn Klein ja sagt, kannst du deinen Stall hier aufgeben und ganz zu ihr ziehen, das wäre doch praktisch.«

Bertram sah sie mitleidig an. Er ging ohne ein weiteres Wort.

»Mit deiner spitzen Zunge wirst du es wirklich noch mal zu weit treiben, Kind«, sagte Henriette, noch immer schnupfend und schneuzend, aber mittlerweile hochauf zufrieden. »Bertram hat dir doch nun wirklich *überhaupt* nichts getan! Er hat dich doch sogar *verteidigt!* Mit deiner Aggressivität wirst du noch deine Ehe ruinieren.«

»Ich finde, du solltest dich bei deiner Mutter entschuldigen, Doris«, sagte Richard Fahrensdorff.

Doris starrte Bertram hinterher. Ihr Zorn war verpufft. Sie war geschlagen und wußte es.

Aber sie konnte es einfach nicht glauben, nicht wirklich.

»Entschuldige, Mama«, murmelte sie schließlich. Dann ging sie ins Haus zurück.

»Aber nein, Henriette, wieso denn?« hörte sie hinter sich ihren Vater zu Henriette sagen, nunmehr unverhohlen gereizt. »Nun beruhige dich doch, noch ist gar nichts verdorben. Wir haben doch noch das ganze Osterfest vor uns.«

Das ganze Osterfest.

Doris fühlte sich hundeelend.

Fröhliche Ostern

Kurt Tucholsky

Da seht aufs neue dieses alte Wunder:
Der Osterhase kakelt wie ein Huhn
und fabriziert dort unter dem Holunder
ein Ei und noch ein Ei und hat zu tun.

Und auch der Mensch reckt frohbewegt die Glieder –
er zählt die Kinderchens: eins, zwei und drei …
Ja, was errötet denn die Gattin wieder?
Ei, ei, ei
ei, ei
ei!

Der fleißige Kaufherr aber packt die Ware
ins pappne Ei zum besseren Konsum:
Ein seidnes Schnupftuch, Nadeln für die Haare,
die Glitzerbrosche und das Riechparfuhm.

Das junge Volk, so Mädchen wie die Knaben,
sucht die voll Sinn versteckte Leckerei.
Man ruft beglückt, wenn sies gefunden haben:
Ei, ei, ei
ei, ei
ei!

Und Hans und Lene steckens in die Jacke,
das liebe Osterei – wen freut es nicht?
Glatt, wohlfeil, etwas süßlich im Geschmacke,
und ohne jedes innre Gleichgewicht.

Die deutsche Politik ... Was wollt ich sagen?
Bei uns zu Lande ist das einerlei –
und kurz und gut: Verderbt euch nicht den Magen!
Vergnügtes Fest! Vergnügtes Osterei!

Rästselhaftes Ostermärchen

Joachim Ringelnatz

Der Frackverl0her H0nrich Osterm00 kehrte am ersten Osterf00tage sehr betrunken h0m. S0ne Frau, 0ne wohlbel0bte, kl0ne Dame, betrieb in der Kl0ststraße 0nen 00handel. Sie empfing H0nrich mit den Worten: »0 0, m0n Lieber!« Dab0 drohte sie ihm lächelnd mit dem Finger. Herr Osterm00 sagte: »Ich schwöre 0nen h0ligen 0d, daß ich nur ganz l0cht angeh0tert bin. Ich war b0 0ner W0hnachtsf00 des Ver0ns Fr0g0stiger Frackverl0her. Dort hat 0nes der Mitglieder anläßlich der Konfirmation s0ner Tochter 0ne Maibowle spendiert, und da habe ich denn sehr viel Rh0nw0n auf das Wohl des verehrten Jubelgr0ses trinken müssen, w0l man ja nicht alle Tage zw0undneunzig Jahre alt wird.« Frau Osterm00 schenkte diesen Beteuerungen k0nen Glauben, sondern sagte nochmals: »0 0, m0n Lieber!« Worauf ihr Papag0 die ersten zw0 Worte »0 0« wohl dr0ßigmal laut wiederholte. Über das Geschr0 des Papag0s geriet H0nrich in solche Wut, daß er 0n B0l ergriff und sämtliche 0000 zerschlug. Frau Osterm00 wurde kr0debl0ch und lief, triefend von 0gelb, zur Poliz0. Ihr Mann aber ließ sich erschöpft auf 0nen Stuhl nieder und w0nte l0se vor sich hin. Bis ihm der Papag0 von oben herab 0n Oster0 in den Schoß warf. Da war alles vorb0.

(Nur mit Ei und Eier aufzulösen.)

Den Apfel gebe ich der schönen Ilse
Heinrich Heine

Es ist heute der erste Mai. Wie ein Meer des Lebens ergießt sich der Frühling über die Erde, der weiße Blütenschaum bleibt an den Bäumen hängen, ein weiter, warmer Nebelglanz verbreitet sich überall. In der Stadt blitzen freudig die Fensterscheiben der Häuser, an den Dächern bauen die Spatzen wieder ihre Nestchen, auf der Straße wandeln die Leute und wundern sich, daß die Luft so angreifend und ihnen selbst so wunderlich zu Mute ist; die bunten Vierlanderinnen bringen Veilchensträußer; die Waisenkinder, mit ihren blauen Jäckchen und ihren lieben, unehelichen Gesichtchen, ziehen über den Jungfernstieg und freuen sich, als sollten sie heute einen Vater wiederfinden; der Bettler an der Brücke schaut so vergnügt, als hätte er das große Los gewonnen, sogar den schwarzen, noch ungehenkten Makler, der dort mit seinem spitzbübischen Manufakturwaren-Gesicht einherläuft, bescheint die Sonne mit ihren tolerantesten Strahlen, – ich will hinauswandern vor das Tor.

Es ist der erste Mai, und ich denke deiner, du schöne Ilse – oder soll ich dich »Agnes« nennen, weil dir dieser Name am besten gefällt? – ich denke deiner, und ich möchte wieder zusehen, wie du leuchtend den Berg hinabläufst. Am liebsten aber möchte ich unten im Tale stehen und dich auffangen in meine Arme. – Es ist ein schöner Tag! Überall sehe ich die grüne Farbe, die Farbe der Hoffnung. Überall, wie holde Wunder, blühen hervor die Blumen, und auch mein Herz will wieder blühen. Dieses Herz ist auch eine Blume, eine gar wunderliche. Es ist kein bescheidenes Veilchen, keine lachende Rose, keine reine Lilie, oder sonstiges Blümchen, das mit artiger Lieblichkeit den Mädchensinn erfreut, und sich hübsch vor den hübschen Busen stecken läßt, und heute welkt und morgen wieder blüht. Dieses Herz gleicht mehr jener schweren, abenteuerlichen Blume aus den Wäldern Brasiliens, die, der Sage nach, alle hundert Jahre nur einmal blüht. Ich erinnere mich, daß ich als Knabe eine solche Blume gesehen. Wir hörten in der Nacht einen Schuß, wie von einer Pistole, und am folgenden Morgen erzählten mir die Nachbarskinder, daß es ihre »Aloe« gewesen, die mit solchem Knalle plötzlich aufgeblüht sei. Sie führten mich in ihren Garten, und da sah ich, zu meiner Verwunderung, daß das niedrige, harte Gewächs mit den närrisch breiten, scharfgezackten Blättern, woran man sich leicht verletzen konnte, jetzt ganz in die Höhe geschossen war, und oben, wie eine goldene Krone, die herrlichste Blüte trug. Wir Kinder konnten nicht so hoch hinaufsehen, und der alte, schmunzelnde Christian, der uns lieb hatte, baute eine hölzerne Treppe um die Blume herum, und da kletterten wir hinauf, wie die Katzen, und schauten neugierig in den offenen Blumenkelch, woraus die gelben Strahlenfäden und wildfremden Düfte mit unerhörter Pracht hervordrangen.

Ja, Agnes, oft und leicht kommt dieses Herz nicht zum Blühen; soviel ich mich erinnere, hat es nur ein einziges Mal geblüht, und das mag schon lange her sein, gewiß schon hundert Jahr. Ich glaube, so herrlich auch damals seine Blüte sich entfaltete, so mußte sie doch aus Mangel an Sonnenschein und Wärme elendiglich verkümmern, wenn sie nicht gar von einem dunkeln Wintersturme gewaltsam zerstört worden. Jetzt aber regt und drängt es sich wieder in meiner Brust, und hörst du plötzlich den Schuß – Mädchen, erschrick nicht! ich hab mich nicht totgeschossen, sondern meine Liebe sprengt ihre Knospe, und schießt empor in strahlenden Liedern, in ewigen Dithyramben, in freudigster Sangesfülle.

Ist dir aber diese hohe Liebe zu hoch, Mädchen, so mach es dir bequem, und besteige die hölzerne Treppe, und schaue von dieser hinab in mein blühendes Herz.

Es ist noch früh am Tage, die Sonne hat kaum die Hälfte ihres Weges zurückgelegt, und mein Herz duftet schon so stark, daß es mir betäubend zu Kopfe steigt, daß ich nicht mehr weiß, wo die Ironie aufhört und der Himmel anfängt, daß ich die Luft mit meinen Seufzern bevölkere, und daß ich selbst wieder zerrinnen möchte in süße Atome, in die unerschaffene Gottheit; – wie soll das erst gehen, wenn es Nacht wird, und die Sterne am Himmel erscheinen, »die unglückselgen Sterne, die dir sagen können – –«

Es ist der erste Mai, der lumpigste Ladenschwengel hat heute das Recht, sentimental zu werden, und dem Dichter wolltest du es verwehren?

Quellen und Danksagung

Manfred Back (geb. 1961): WINTERENDE. Aus Manfred Back: Aus der Hüfte, aus dem Sinn. Selbstverlag, Frankfurt am Main 2002. © 2002 Manfred Back. MENAGE À N^{X}. Aus Manfred Back: Südlich von Dänemark. Selbstverlag, Frankfurt am Main 2003. © 2003 Manfred Back

Ludwig Bechstein (1801–1860): DER HASE UND DER FUCHS. Aus Ludwig Bechstein: Deutsches Märchenbuch. Leipzig 1844. Nachdruck in: Lieblingsbücher von dazumal. Deutscher Taschenbuch Verlag, München 1973

Walter Benjamin (1892–1940): DER ENTHÜLLTE OSTERHASE ODER KLEINE VERSTECK-LEHRE. Aus Walter Benjamin: Gesammelte Schriften. Band IV.1. © 1972 Suhrkamp, Frankfurt am Main

Bertolt Brecht (1898–1956): DAS FRÜHJAHR. Aus Bertolt Brecht: Große kommentierte Berliner und Frankfurter Ausgabe Band 14. Gedichte 4. © 1993 Suhrkamp, Frankfurt am Main

Jürgen Dahl (1929–2001): VON WARTUNGSFREIEM DAUERGEMÜSE UND ANDEREN APRILFREUDEN. Aus Jürgen Dahl: Nachrichten aus dem Garten. April. © 1985 Klett-Cotta, Stuttgart

Sabine Friedrich (geb. 1958): LIEBER BESUCH. Aus Sabine Friedrich: Das Puppenhaus. Piper, München 1997. © 2006 Deutscher Taschenbuch Verlag, München

Max Frisch (1911–1991): DIE LUFT IST VOLL OSTERN. Aus Max Frisch: Die Tagebücher. © 1983 Suhrkamp, Frankfurt am Main

Johann Wolfgang von Goethe (1749–1832): VOR DEM TOR (»OSTERSPAZIERGANG«). Aus Johann Wolfgang von Goethe: Faust. Erster Theil. Weimarer Ausgabe, 14. Band. HANSWURSTS HOCHZEIT. Aus Johann Wolfgang von Goethe: Hanswursts Hochzeit oder der Lauf der Welt. Ein mikrokosmisches Drama (Paralipomena). Weimarer Ausgabe, 38. Band. Hermann Böhlaus Nachfolger, Weimar 1899. Fotomechanischer Nachdruck: Deutscher Taschenbuch Verlag, München 1987

Heinrich Heine (1797–1856): NEUER FRÜHLING XI. Aus Heinrich Heine: Sämtliche Schriften. Band 7. DEN APFEL GEBE ICH DER SCHÖNEN ILSE. Aus Heinrich Heine: Die Harzreise. Sämtliche Schriften. Band 3. Ullstein, Berlin 1981. *Ilse: auf der Ostseite des*

Brockens entspringendes Harzflüßchen, mündet nach 40 Kilometern in die Oker.

Fritz von Herzmanovsky-Orlando (1877–1954): OSTERSONNTAG IM WURSTLPRATER. Aus Fritz von Herzmanovsky-Orlando: Österreichische Trilogie 1. Der Gaulschreck im Rosennetz. Hg. Susanna Kirschl-Goldberg. © 1983 Residenz Verlag, Salzburg und Wien

Hoffmann von Fallersleben (1798–1874): DAS OSTEREI. Aus Hoffmann von Fallersleben: Gesammelte Werke. Herausgegeben von Dr. Heinrich Gerstenberg. Zweiter Band: Lyrische Gedichte. F. Fontane, Berlin 1891

Franz Hohler (geb. 1943): DER PFINGSTSPATZ. Aus Franz Hohler: Der Granitblock im Kino. © 1997 Ravensburger Verlag, Ravensburg

Friedrich Hölderlin (1770–1843): DIOTIMA (Jüngere Fassung, gekürzt). Aus Friedrich Hölderlin: Werke I. Tempel-Klassiker (Emil Vollmer), Wiesbaden o. J.

Janosch (geboren 1931): HÄSCHEN IN DER GRUBE. Aus Janosch: Ach, Du liebes Hasenbüchlein. Deutscher Taschenbuch Verlag, München 1981. © 2005 Janosch film und medien AG, Berlin

Erich Kästner (1899–1974): ATMOSPHÄRISCHE KONFLIKTE. Aus Erich Kästner: Herz auf Taille. © Atrium Verlag, Zürich 1928, und Thomas Kästner

Friederike Kempner (1836–1904): ALSO DOCH …?. Nachdruck aus Gerhart H. Mostar: Friederike Kempner, der schlesische Schwan. München, Deutscher Taschenbuch Verlag 1965

Thomas Mann (1875–1955): VOM DICHTEN IM FRÜHLING. Aus Thomas Mann: Tonio Kröger. In Thomas Mann: Gesammelte Werke in dreizehn Bänden. Band VIII. Erzählungen © 1960, 1974 S. Fischer, Frankfurt am Main

Christian Morgenstern (1871–1914): DREI HASEN. Eine groteske Ballade. Aus Christian Morgenstern: Gesammelte Werke in einem Band. Serie Piper, München 1989

Eduard Mörike (1804–1875): AUF EIN EI GESCHRIEBEN. Aus: Gedichte von Eduard Mörike. K. Ad. Emil Müller, Stuttgart 1922

Haruki Murakami (geb. 1949): WIE ICH EINES SCHÖNEN MORGENS IM APRIL DAS 100 %IGE MÄDCHEN SAH. Aus Haruki Murakami: Wie ich eines schönen Morgens im April das 100%ige Mädchen sah. Rowohlt, Reinbek bei Hamburg 1998. © 1996 Berlin Verlag, Berlin. *Harajuku ist ein Stadtviertel von Tokio.*

Friedrich Nietzsche (1844–1900): »OSTERSPAZIERGANG MIT NIETZSCHE«. Aus Friedrich Nietzsche: Also sprach Zarathustra. Dritter Teil: Von alten und neuen Tafeln 8. Werke in drei Bänden. Herausgegeben von Karl Schlechta. Band 2. Carl Hanser, 6. Auflage München 1966

Gerhard Polt (geb. 1942) und Hanns Christian Müller (geb. 1949): Nikolausi. Aus Gerhard Polt und Hanns Christian Müller: Nikolausi und andere Geschichten zur Weihnachtszeit. © 2003 Kein & Aber, Zürich

Joachim Ringelnatz (1883–1934): FRÜHLING. Aus Joachim Ringelnatz: Das Gesamtwerk in sieben Bänden. Band 1. RÄTSELHAFTES OSTERMÄRCHEN. Aus Joachim Ringelnatz: Das Gesamtwerk in sieben Bänden. Band 4. Karl H. Henssel, Berlin 1982. IM PARK. Aus: Hell und schnell. 555 komische Gedichte aus 5 Jahrhunderten. Herausgegeben von Robert Gernhardt und Klaus Cäsar Zehrer. S. Fischer, Frankfurt am Main 2004. *Bei Ringelnatz steht im Park zwar ein Reh aus Gips, aber da es sich um das Lieblingsgedicht des Herausgebers handelt, wurde es für ihn umgeschrieben.*

Dschelaladdin Rumi (1207–1273): Diwan II, 576. Aus Dschelaladdin Rumi: Aus dem Diwan. Übersetzt von Annemarie Schimmel. © 1964 Reclam, Stuttgart

Saki (Hector Hugh Munro, 1870–1916): DAS OSTEREI. Aus Saki: Gesammelte Erzählungen. Übersetzt von Claus Sprick. © 1998 Haffmans, Zürich

Eugen Skasa-Weiß (1905–1977): VOM EHRGEIZ ÄLTERER OSTERHASEN. Aus Eugen Skasa-Weiß: Von hinten besehen. © 1984 Klett-Cotta, Stuttgart

Emil Steinberger (geb. 1933): DER TELEGRAFENBEAMTE. Aus Emil Steinberger: Emil. © 1978 Edition Olms, Zürich

Kurt Tucholsky (1890–1935): FRÖHLICHE OSTERN. Aus Kurt Tucholsky: Gesammelte Werke. Band 1, 1907–1918. OSTERSPAZIERGANG. Aus einer aufgefundenen »Faust«-Handschrift. Aus Kurt Tucholsky: Gesammelte Werke. Band 2, 1919–1920. Rowohlt, Reinbek bei Hamburg 1975

Joseph von Westphalen (geb. 1945): FEST DER TRIEBE, FEST DER HIEBE. EINE OSTERGESCHICHTE. Aus Joseph von Westphalen:

Die Liebeskopie und andere Herzensergießungen eines sehnsüchtigen Schreibwarenhändlers. © 1997 Deutscher Taschenbuch Verlag, München

Die Beiträge von Birgit Brandau, Rania Durbtscheck, Hermann Feuersee und Hartmut Schickert sind Originalbeiträge oder wurden für diesen Band überarbeitet. Der Herausgeber dankt den Autoren sowie Susanne Bonenkamp, Verena Doelker, Joan Fjelle, Ronald Jonkers, Regina Quentin, Elizabeth Riorden, Werner Schäfer, der Stadtbücherei Stuttgart-Ost und Priscilla Golden von der Wyoming State Library in Ceyenne für Ratschläge, Hilfe und aktive Unterstützung. Für die Sachbeiträge wurde die folgende Literatur benutzt:

Aveni, Anthony: Rhythmen des Lebens. Eine Kulturgeschichte der Zeit. Klett-Cotta, Stuttgart 1991

Bächtold-Stäubli, Hanns, und Eduard Hoffmann-Krayer (Hgg.): Handwörterbuch des deutschen Aberglaubens. Band 2, 3, 4, 6. Walter de Gruyter, Berlin 1987

Bainbridge, Henry Charles: Peter Carl Fabergé. Goldsmith and Jeweller to the Russian Imperial Court and the principal Crowned Heads of Europe. B.T. Batsford, London 1949

Becker, Albert: Osterei und Osterhase. Vom Brauchtum der deutschen Osterzeit. Eugen Diederichs, Jena 1937

Betrò, Maria Carmela: Heilige Zeichen. 580 ägyptische Hieroglyphen. Gustav Lübbe, Bergisch Gladbach 1996

Bibel, Die. Einheitsübersetzung. Herder, Freiburg 1980

Brandau, Birgit: Troia. Eine Stadt und ihr Mythos. Die neuesten Entdeckungen. Gustav Lübbe, Bergisch Gladbach 1997

Brecht, Bertolt: Alfabet. Gesammelte Werke 9. Gedichte 2. Suhrkamp, Frankfurt am Main 1967

Brown, Kathy: Blüten zum Reinbeißen. Christian Verlag, München 2000

Coe, Sophie und Michael D.: Die wahre Geschichte der Schokolade. S. Fischer, Frankfurt am Main 1997

dtv-Lexikon in 20 Bänden (Taschenbuchausgabe nach Brockhaus). Deutscher Taschenbuch Verlag, München 1970 und 1992

Elmadfa, Ibrahim, u. a.: GU-Kompaß Nährwerte 1994/95. Gräfe und Unzer, München 1994/95

Etymologisches Wörterbuch des Deutschen. Deutscher Taschenbuch Verlag, München 1995

Feuersee, Hermann: Der kulinarische Weihnachtsbegleiter. Serie Piper, München 2003

Frankfurter Allgemeine Sonntagszeitung: 13.2.2005, 27.3.2005

Frankfurter Allgemeine Zeitung: 29.3.1997

Goethe, Johann Wolfgang: Italienische Reise. Carl Hanser, München 1992

Gorys, Erhard: Das neue Küchenlexikon. Deutscher Taschenbuch Verlag, München 1994

Gottschalk, Elke: Osterei und Osterhase. Volkstümlicher Osterschmuck zum Sammeln. Battenberg, Augsburg 1995

Habsburg, Géza von: Fabergé. Hofjuwelier der Zaren. Hirmer, München 1986

Habsburg-Lothringen, Geza von, und Alexander von Solodkoff: Fabergé. Hofjuwelier der Zaren. Ernst Wasmuth, Tübingen 1979

Harris, Marvin: Kannibalen und Könige. Die Wachstumsgrenzen der Hochkulturen. Klett-Cotta, Stuttgart 1990

Harris, Marvin: Wohlgeschmack und Widerwillen. Die Rätsel der Nahrungstabus. Klett-Cotta, Stuttgart 1988

Hepding, Hugo: in Weber-Kellermann 1985

Hiller, Helmut: Lexikon des Aberglaubens. Süddeutscher Verlag, München 1986

Hoegen, Heidi und Nina: Osterzeit. Basteln, Backen und Brauchtum. Franckh, Stuttgart 1980

Jäckel, Karin, und Marion Krätschmer: Das große bunte Osterbuch. Loewe, Bindlach 1995

Kindlers Literaturlexikon. 25 Bände. Deutscher Taschenbuch Verlag, München 1974

Klevers Kalorien-Joule-Kompaß. Gräfe und Unzer, München 1995/96

Kuralt, Charles: Jackalopes. Philip Morris Magazine. Winter 1988

Lehmann, Hedi: Volksbrauch im Jahreslauf. Heimeran, München 1964

Lemnis, Maria, und Henryk Vitry: Altpolnische Küche und polnische Tischsitten. Interpress, Warszawa 1979

Microsoft® Encarta® 97 Encyclopedia. © 1993–1996 Microsoft Corporation

Mitzka, Walther, und Ludwig Erich Schmitt: Deutscher Wortatlas des Forschungsinstituts für deutsche Sprache. Band 16. Wilhelm Schmitz, Gießen 1968

Neue Brockhaus, Der. 5 Bände. 3. Auflage. F. A. Brockhaus, Wiesbaden 1959

Petzoldt, Leander: Volkstümliche Feste. Ein Führer zu Volksfesten, Märkten und Messen in Deutschland. C. H. Beck, München 1983

Ploetz, Karl Julius, u. a.: Der große Ploetz. 31. Auflage. Verlag Ploetz, Freiburg 1991

Polmer, Udo: Eßt endlich normal! Wie die Schlankheitsdiktatur die Dünnen dick und die Dicken krank macht. Piper, München 2005

Pospisil, Edita: GU Kompaß Cholesterin. Gräfe und Unzer, München 1991

Schickert, Hartmut: Der kleine wissenschaftliche Weihnachtsbegleiter. Serie Piper, München 2003

Schilling, Detlef: Säugetiere: 181 Arten Europas. BLV, München 1983

Schmidt, Ernst: Bunte sorbische Ostereier. VEB Domowina, 6., durchgesehene Auflage Bautzen 1980

Snowman, A. Kenneth: Fabergé 1846–1920. Katalog zur Ausstellung anläßlich des silbernen Thronjubiläums von Königin Elizabeth II. im Victoria and Albert Museum. Debrett's Peerage, London 1977

Stadler, Edmund: Das abendländische Theater in Altertum und Mittelalter. In: Martin Hürlimann (Hg.): Das Atlantisbuch des Theaters. Atlantis, Zürich 1966

Stobbe-Rosenstock, Frauke: Osterschmuck und Osterbräuche. Eugen Ulmer, Stuttgart 1990

Stuttgarter Zeitung: 25.3.1997, 27.3.1997, 29.3.1997, 8.11.1997, 10.12.1997, 26.3.2005, 16.6.2005

Weber-Kellermann, Ingeborg: Saure Wochen, frohe Feste. Fest und Alltag in der Sprache der Bräuche. J. Bucher, München 1985

Wörterbuch der Mythologie. Hg. v. Hans Wilhelm Haussig. Bd. I: Götter und Mythen im Vorderen Orient. Ernst Klett, Stuttgart 1965. Bd. II: Götter und Mythen im alten Europa. Ernst Klett, Stuttgart 1973

Wundt, Wilhelm: in Weber-Kellermann 1985

Wyoming Wildlife: Februar 1954, Januar 1958, Januar 1969